Àngels en temps de pluja

Miguel Vázquez Freire

Traducció: Josep Franco

ESPURNA

Edicions Bromera

Per a Martana, que sap que
el teatre no és arqueologia

You know how us Catholic girls can be
We make up for so much time a little too late
I never forgot it, confusing as it was
No fun with no guilt feelings
The sinners, the saviors, the loverless priests
I'll see you next Sunday

ALANIS MORISSETTE
Forgiven

[Ja saps com podem ser nosaltres, les joves catòliques
Durant molt de temps hem arribat a tot una miqueta tard
Jo no ho he oblidat mai, encara que tot era molt confús
Res de divertir-te sense sentiment de culpa
Els pecadors, els salvadors, els clergues sense amor
Espere veure't diumenge que ve]

—S'aprén a oblidar?

—No es tracta d'oblidar. Allò que convé aprendre és a recordar i, al mateix temps, estar lliure del passat. Convé aprendre la forma de ser allà, amb el mort i, al mateix temps, estar ací, en aquest lloc, amb els vius. —Va somriure tristament i hi va afegir:— No és fàcil.

—No és fàcil —va repetir Will—. I, de sobte, totes les seues defenses s'enfonsaren, tot el seu orgull el va abandonar.— Em voldria ajudar? —li preguntà.

—Naturalment —li va dir ella, i li va donar la mà.

ALDOUS HUXLEY
L'illa

Aquesta és una generació condemnada.

Escoltat a Rosa de Ruana, al Campo do Rollo
de Corcubión, una vesprada d'agost de 1997

Quatre joves moren en accident la matinada de dissabte

Redacció, Vigo

Quatre joves, entre els divuit i els vint-i-dos anys, han resultat morts en un greu accident de trànsit ocorregut a les 6.15 hores d'ahir, a la carretera de Baiona a Vigo. El turisme en què viatjaven els quatre joves —una xica i tres xics— se'n va eixir de la carretera per causes desconegudes i va xocar violentament contra un arbre. La velocitat excessiva del vehicle i l'estat de la calçada, molt perillós a causa de la pluja caiguda al llarg de la nit, són les hipòtesis sobre les quals...

I
TU ETS MONXO

Ella ho deia sovint. Mai no acabes de conéixer totalment ningú. Ni tan sols arribem a conéixer-nos del tot nosaltres mateixos. Ho deia sense que, en els seus llavis, aquestes paraules semblaren dures, dramàtiques o tristes. Ho deia com qui diu: les camèlies floreixen a l'hivern. Una cosa totalment quotidiana, però que passa inadvertida per a molts, perquè molta gent creu que les flors només naixen per primavera. Molta gent creu que coneix els seus veïns, els seus amics, els seus familiars; que es coneixen ells mateixos. Tu comences a pensar que no coneixies la teua germana. I ara saps que ja no et coneixes a tu mateix i que, definitivament, mai no arribaràs a conéixer-te. Ni mai no la podràs conéixer, a ella.

La teua germana. Es deia Àngels.

Se'n deia. Ja has aprés a dir-ho en passat. S'aprén molt de pressa. Podries dir que no hi ha res que ensenye tan de pressa com la mort? No ho saps; no saps si té sentit dir-ho així. La mort és, encara, una mestra nova i, per sort, escassa, en la teua vida.

Tu. Tu ets Monxo. Tens quinze anys. Ets ací, a l'habitació de la teua germana, per primera volta des que va morir. Ja fa minuts que mires per la finestra, deixant que s'esgoten les teues llàgrimes, que els teus ulls s'eixuguen, per a tornar a mirar l'interior del dormitori, tan ple, encara, d'ella.

Què hi busques? No ho saps. Entendre, potser. Entendre una mort absurda. Com totes les morts? Segurament, però cadascú viu una mort pròxima com un absurd màxim. Vols saber. Necessites saber. Saber, potser, per a entendre i acceptar. Acceptar per a poder seguir vivint. Seguir vivint sense ella, sense Àngels, la millor germana del món. La teua germana.

Ja no arribaràs a conéixer-la mai. Com era realment, Àngels? La jove sempre serena però que tan bé sabia diferenciar les coses importants de les trivials. L'amiga que sempre tenia el consell oportú i una paciència infinita. La companya en les activitats de la parròquia. La primera en totes les acampades, la mà dreta del pare Sebastià en l'organització dels xiquets del barri. L'estiu del 94, promotora d'un dels grups més actius de suport als acampats pel 0,7, que dormia cada nit en una tenda de la plaça de Compostel·la.

Però hi havia una altra Àngels que tu mai no arribares a conéixer, que mai no coneixeràs. L'Àngels que eixia de marxa divendres de nit amb dos moderns i un drogota. L'Àngels que es va matar en un accident estúpid una nit de borratxera.

No t'ho pots creure.

Gires el cap i mires. Com si esperares trobar la resposta als seus llibres, en la seua taula, encara viva en el seu desordre, al seu llit, als cartells de les parets...

Els cartells. Els teus ulls hi viatgen com si feren un viatge impossible a l'ànima definitivament desconeguda de la teua germana. Hi ha els cartells més antics, que et recorden l'Àngels que millor coneixies. El del no a les centrals nuclears, de l'Assemblea Antinuclear de Galícia; el de la plataforma pel 0,7; un d'Amnistia Internacional contra la tortura...

I hi ha, també, els més recents, que tu relaciones amb aquella Àngels que mai no arribares a conéixer. Un mapa gran de Galícia que ocupa el lloc que, abans —fa només uns anys, recordes— ocupava el cartell de la romeria cristiana internacional; una romeria a la qual anàreu els dos, amb els vostres pares, feia ja temps, al cim de Santa Tecla, i on ho passàreu molt bé.

I el canvi més significatiu de tots, penses. Les fotos de Keanu Reeves i Tom Hanks —l'exòtic i el graciós, com solia dir ella—, havien deixat el seu lloc a un anunci, horrible, de rock dur. Horrible, sí, perquè l'estètica bruta del cartell no et sembla, en absolut, estètica, sinó, senzillament, lletja.

Però, és clar, en aquell concert actuava el drogota aquell, com es deia? Ferran, es deia Ferran. Mai no vas entendre què havia vist la teua germana en aquell personatge. Sí, efectivament, al cartell hi constava el nom del grup. Capità Garfi. Almenys, has de reconéixer que el nom té força. S'aparta de la tendència que va posar de moda el punk, amb tots aquells noms de mal gust, com es diuen?, escatològics, aquesta és la paraula.

En realitat, has de reconéixer que a penes saps alguna cosa d'aquell Ferran. Ni tan sols has escoltat mai la música que feia. Mai no volgueres acompanyar Àngels als concerts, ni tampoc volgueres escoltar mai la maqueta que havien gravat i que ella posava sovint. Potser alguna vegada, a través de la porta, vas arribar a escoltar com sonava, però tu mai no volgueres diferenciar-los dels altres grups.

Sí, has de confessar que la teua indiferència per la música del seu... amic (per uns segons, al teu cap, ha rondat la paraula *nuvi,* però amic t'ha semblat menys compromesa); la teua indiferència es devia, segurament, a uns sentiments que mai no has volgut acceptar. Ara ja no té cap sentit negar-ho. Veies, en Ferran, el rival que estava allunyant la teua germana de tot allò que us havia mantingut tan units. De la parròquia, amb la qual col·laborava cada dia menys. De les activitats de l'institut. I, sobretot, de tu. Dels vostres llargs passejos amb bicicleta, dels cinemes on anàveu les vesprades de dissabte, de les llargues converses que manteníeu després de dinar. Des que havia aparegut Ferran, ella et dedicava cada dia menys temps.

De sobte, sents l'impuls d'arrancar el cartell que anunciava el concert, com si, així, esborrares la influència que Ferran havia exercit sobre la teua germana. No ho fas, finalment. Però permets que cresca, dins teu, la convicció que va ser ell, Ferran, el culpable de la mort de la teua germana. Va ser ell qui va anar encaixant, a poc a poc, les peces necessàries perquè aquest absurd fóra, finalment, possible: que Àngels, la germana perfecta, morira un divendres a la nit en un accident de borratxos.

I, no obstant aquesta certesa... Saps, també, que és una explicació massa fàcil. Àngels no era una persona tan fàcilment influenciable. No era de les que es deixaven menjar el coco amb qualsevol idea o de les que es deixen fascinar amb qualsevol cançoneta de moda. Àngels era —sempre ho has pensat i et negues a deixar de creure-ho— una jove amb conviccions pròpies, fondes i ben arrelades, que no les canviaria per voler fingir o per tractar d'estar al dia.

Al cap i a la fi, et preguntes, per què parles de Ferran com d'un drogota? En què et bases per a pensar que es drogava? Creus que, probablement, has acceptat massa aviat la hipòtesi de la policia. Una nit de borratxera. Potser l'informe de l'autòpsia havia demostrat que estaven borratxos?

Ara penses que ets injust amb la teua germana. Que l'has condemnada, a ella i els seus amics, sense tenir proves en contra seua. Havies acceptat tan fàcilment l'informe policial, que atribuïa l'accident a un excés d'alcohol, perquè s'adeia molt bé amb la imatge, carregada de prejudicis, que tu mateix t'havies fet de Ferran i els seus amics. Drogats i borratxos. Una imatge amb la qual els culpaves de la separació de la teua germana. I amb la qual, ara, pretenies culpar-los de la seua mort.

Però, per què havies d'acceptar l'informe policial? Una nova energia tracta d'ocupar l'espai deixat pel dolor. Intentes trobar una raó per a escapar de la impotència de la mort. Ha d'haver-hi una forma de recuperar aquella Àngels que no vas saber entendre en el seu moment i de comprendre, així, les raons d'aquest absurd inacceptable. No l'absurd definitiu de la mort, sinó d'aquesta mort. Creix dins teu la certesa que va passar alguna cosa que explicaria l'accident; una cosa que va passar per alt la policia, que deixaria intacta la imatge de germana perfecta que tan injustament tractes d'esborrar.

Tornes a mirar l'habitació. Però ara és diferent. Ara saps que busques alguna cosa. Ets com un investigador; sí, un detectiu que busca proves. Però, en certa forma, com un detectiu a l'inrevés, perquè tu no busques les proves d'un crim, sinó les proves que et permeten demostrar una innocència.

Els teus ulls s'aturen al moble que fa de biblioteca i d'escriptori. La taula de l'escriptori està oberta, com la deixava ella sempre. Hi ha uns llibres de text damunt la taula. T'aproximes. Tanques l'escriptori. A sota, hi ha uns calaixos. Obris el primer. Uns quaderns de classe. Els revises durant uns minuts. Tornes a mirar dins del calaix. Hi veus un quadern rectangular, més menut que els blocs de classe. Té unes tapes dures de color marró. Mai no havies vist aquell quadern. L'obris per la primera pàgina. No hi ha cap data i, a pesar d'això, t'adones de seguida que es tracta d'un diari. La teua germana escrivia un diari! Ja has trobat la peça que necessitaves per a iniciar les teues investigacions.

Són les quatre de la vesprada. És diumenge. A fora, plovisqueja. Seus al llit, et recolzes contra la paret i et disposes a llegir el diari d'Àngels.

II
DIARI D'ÀNGELS (PRIMERA PART)

1

Avui és el meu aniversari; faig divuit anys i això em sembla un bon motiu per a començar a escriure un diari. Però no vull que siga un diari com tots els altres. No hi posaré una data cada dia, com es fa en els diaris. Simplement, em vull comprometre a escriure una miqueta cada dia, però sense dates. A més, tampoc no sé molt bé què escriure, però sé que no tinc la intenció de contar les coses que em passen cada dia: com em desperte i com vaig a l'institut, com passen les classes i tot això.

Ben mirat, el diari d'una jove que es dedique a alçar acta del seu dia a dia és, en realitat, allò que més s'assembla a qualsevol diari d'una altra jove. O d'un xic. La vida d'una xica jove és quasi idèntica a la vida d'una altra xica jove. Despertar-se, banyar-se o dutxar-se, vestir-se, desdejunar-se, raspallar-se les dents, pujar a l'autobús i, després, aguantar els professors durant sis hores interminables. Els professors i els companys; que, sovint, no sabria dir què és pitjor. Després de dinar, el paper dels professors el fan els pares; en el meu cas, més ma mare que mon pare. Que si estudies, que què fas escoltant música quan hauries d'estar estudiant... Tota aquesta lletania. No importa si traus bones notes. La vigilància és permanent en el noranta-nou per cent dels casos, tant si traus bones notes com si no.

Només els caps de setmana apareixen com el temps de la

llibertat. Però això no vol dir que siguen més variats. Són quasi igual d'uniformes. És curiós, però la major part de les xiques utilitzen la seua llibertat per a fer pràcticament les mateixes coses. És a dir, anar als mateixos bars a trobar-se amb la mateixa gent i adquirir un grau de cocció *major o menor, segons els casos. Segurament, en això sí que hi ha una diferència entre xics i xiques. En general, ells es couen més i amb més freqüència que elles. Bé, per a ser exactes, he de dir que nosaltres encara bevem poc. O, almenys, això crec jo. Jo, per exemple, encara no he agafat la meua primera borratxera.*

És curiós. He dit encara*; és a dir, que ja estic convençuda que, més tard o més d'hora, jo també passaré l'experiència. Supose que són aquestes coses les que em feren pensar en la possibilitat d'escriure aquest diari; vull reflexionar sobre tot això, en aquestes pàgines. Parle d'una espècie de rebel·lia interior que sent contra la sensació que tot està massa prefixat, com si la meua vida no la poguera viure a la meua manera, com si estiguera obligada a seguir un camí que ja m'han traçat.*

No sé quan vaig començar a pensar en aquestes coses. Tampoc és que crega que sóc molt original per sentir això. Segurament, també en aquest aspecte m'adapte al model; però em fa la impressió que, en el meu cas, aquest sentiment és més fort. Almenys, les meues amigues i les meues companyes de classe no li donen la mateixa importància que jo. Alguna m'ha dit, fins i tot, que no estic bé del cap, que done massa importància a algunes coses. I potser tenen raó. Per què no he d'acceptar les coses com són? Ni millors, ni pitjors, com són.

Doncs no; se'm fa difícil acceptar-ho. Hi ha alguna cosa a dins meu que sembla dir-me que tinc les forces necessàries i que tinc dret a viure la meua pròpia vida. Que no tinc per què acceptar que els meus pares, els professors, la rutina de la gent que m'envolta, decidesquen per mi. Però, una vegada he deixat clares les meues idees, comença la part més difícil. Què puc fer? Deixar d'anar a classe? Per a què? He de reconéixer que sé què no m'agrada, quines coses no puc acceptar; però no sé quines altres coses voldria. Potser aquest diari m'ajude a trobar-les. Això espere.

2

Avui vull parlar de Ferran. El grup parroquial va decidir organitzar un concert de rock per a recollir alguns diners. Em van demanar que col·laborara. No sé qui va proposar que ens posàrem en contacte amb Ferran, que era molt enrotllat... Deien que el seu grup era bo i que, a més, tenia molt bons contactes amb altres grups. Quedàrem amb ell al Tombwa, un bar de l'avinguda de Castelao. Al principi, no em va impressionar gens. Ja el coneixia de l'institut, perquè va al mateix que jo, i mai no m'havia cridat l'atenció. Té la meua edat, potser alguns mesos més, però jo li'n feia menys; disset, a tot estirar. Vol deixar-se barba, però només li ixen uns pelets prou lamentables. Faria bé d'afaitar-se. No és gaire alt, jo li dec traure un dit, quan no porte sabates de taló. Té les dents lletges, les unes damunt de les altres. Però els seus ulls clars canvien de color segons com els toca la llum: als interiors, amb els neons dels bars, per exemple, són d'un color marró clar; a la llum del sol, són verdosos. En algun temps, degué ser ros, ara encara no és bru del tot: té els cabells de color marró, més claret que fosc. Duia els cabells llargs i tenia un aspecte, així, mig heavy: roba vaquera, botes militars, jupa de cuir i una camisa negra amb un estampat de The Cure. També duia una arracada a l'orella, però molt poc vistosa. És a dir que, així a primera vista, em va semblar un xicot molt corrent, dels que no solen cridar l'atenció.

Però si, per l'aspecte, sembla un entre tants, així que parla la cosa canvia radicalment: de seguida, sense que importe qui hi ha al seu costat, esdevé el centre d'atenció. Parla amb una passió i amb una convicció que, tant si estàs d'acord amb ell com si no, et quedes presa de les seues paraules. Jo me'n vaig quedar, per descomptat, el dia que el vaig conéixer; però també se'n quedaren Raquel i Emili, que m'acompanyaven. I cap dels tres no havíem tractat amb ell abans.

Aquella mateixa vesprada vam organitzar el festival. Ell es va encarregar pràcticament de tot: de seleccionar i avisar els grups que havien d'intervenir, d'aconseguir l'equip de so... Fins i tot va dissenyar la publicitat i les entrades i en va calcular el preu, d'acord amb l'assistència que esperàvem, per tal de garantir, almenys, el pagament de les despeses. Els grups actuarien debades, ja que es tractava d'una activitat tendent a millorar el barri. Allò em va sorprendre, perquè m'havien dit que era un xic molt radical, galleguista independentista, comunista fins i tot... No sé. Però no hi va posar cap obstacle, encara que tot ho organitzava la parròquia. Per a ell, tot allò era important perquè es feia des del barri i per al barri.

Aquell xic és una màquina i si, a més, la seua música és bona, deu ser una autèntica joia.

3

A voltes, em fa la impressió que el món no està ben pensat. Hi ha una diferència injusta i terrible entre el bé i el mal. Edificar una cosa, construir-la, rescatar l'ordre del caos, demana temps, pot durar anys, segles, mil·lennis. Desfer, destruir, tornar al caos, pot ser cosa d'uns minuts.

Quant de temps va caldre per a sembrar i veure créixer els castanyers fins que formaren un bosc? Cremar-los va ser cosa d'hores.

A voltes, pense que Déu és el responsable d'aquesta asimetria injusta. En unes altres ocasions pense que si Ell ho va fer així, devia tenir les seues raons, uns motius que els éssers humans no podem comprendre, però que hem d'acceptar. Encara que, aquests arguments, cada dia em convencen menys. Per què Déu ens ha d'ocultar les seues raons? Per què nosaltres les hem d'acceptar, si no les veiem?

El món està a punt de ser destruït i Déu, allà dalt, assegut al tron que li pintaren els grans artistes del Renaixement, en contempla tranquil·lament la destrucció, com qui contempla una pel·lícula.

Jo no em quedaré parada. Jo estaré al costat dels qui lluiten per conservar tot allò que mereix ser conservat i per canviar tot allò que haja de ser canviat.

4

Demà és el festival de la parròquia. Des del dia que vaig conéixer Ferran que ens hem vist molt, amb tot això de l'organització dels actes. Hem mantingut algunes converses llargues que m'han fet pensar en moltes coses que mai no m'havien interessat. Per exemple, tota la qüestió del galleguisme. Per a mi, sempre havia estat una idea aliena, encara que els meus pares mantenen una actitud més o menys militant amb tot això del gallec; supose que voten el BNG. Ara que ho pense, jo també hauré de votar en les pròximes eleccions.

El cas és que mai no m'havia interessat per la política. Vull dir des del punt de vista de les eleccions, els partits i tot això. Ni per la defensa del gallec. Amb els companys de classe, amb les amigues, parle gallec o castellà indistintament. Si em parlen en castellà, jo conteste en castellà. Mai no he tingut cap problema en aquest aspecte. Ara, el Ferran em diu que, d'aquesta forma, d'ací a poc de temps ningú no parlarà gallec. El seu argument és lògic, això és cert. Diu que si, cada vegada que estem en un grup on hi ha algú que parle castellà i que no sap o no vol parlar gallec, com que tots els gallecs sabem parlar tant en gallec com en castellà, si acceptem parlar sempre la seua llengua, mai no parlarem la nostra. I cada vegada tindrem menys oportunitats de parlar-la, perquè amb aquesta actitud, les persones que no saben parlar gallec, mai no aprendran a parlar-lo.

Jo mai no ho havia mirat des d'aquesta perspectiva. Però quan el Ferran es va posar frenètic va ser quan li vaig dir que per què havia de ser tan mal que deixàrem de parlar gallec. Em va amollar tota una lletania de consignes, com ara «deixar de parlar gallec és deixar de ser gallecs», «el gallec és el nostre principal senyal d'identitat» i d'altres per l'estil. Supose que té raó, però la qüestió és la mateixa. No crec que siga tan important per al món que els gallecs continuem sent gallecs. Ni tan sols per als mateixos gallecs. Allò realment important, o almenys així ho veig jo, és que els gallecs, o els habitants de qualsevol part del món, siguem lliures, que tinguem l'oportunitat de triar la nostra pròpia vida i que la puguem viure amb dignitat. Que ningú no ens obligue a deixar de parlar la nostra llengua, per descomptat; però també estaria malament que ens obligaren a parlar-la per decret. La llengua, al cap i a la fi, és un mitjà de comunicació, un instrument, no una finalitat.

No sé, tinc molts dubtes, però pense que, quan al món hi ha gent que mor de fam, quan sabem que s'hi produeixen genocidis a l'Àfrica, o ací mateix, a Europa, a l'antiga Iugoslàvia, o quan les indústries estan contaminant els rius i ens amenacen tants perills ecològics, la llengua no deixa de ser un problema secundari.

5

Ferran no és físicament atractiu. No és el xic més intel·ligent de l'institut. Però té alguna cosa.

Supose que això són les coses que es diuen quan no sabem

què dir. Les paraules amb què tractem d'explicar les coses que no sabem explicar.

És a dir, Ferran té alguna cosa que no es veu a simple vista, alguna cosa que, allà on es troba, el converteix en el centre d'atenció.

Realment, hi ha coses que es poden dir de Ferran i que no són freqüents en altres xics joves. Ferran sap tocar la guitarra, sap cantar i és l'autor de les seues pròpies cançons. Ferran té un grup de rock que ja ha gravat la primera maqueta. Però si em preguntaren què em sembla la música que fa el seu grup, què em semblen les cançons de Ferran, la veritat és que no sabria què dir. En principi, jo diria que no m'agraden, que són massa sorolloses, massa heavys per al meu gust.

També podria dir que Ferran és un xicot amb les idees molt clares sobre unes quantes coses que tampoc no és gaire freqüent que tinga clares la gent de la nostra edat. Ferran es declara galleguista independentista radical. Crec que també és comunista. I ateu. Per descomptat, aquestes tampoc no són les meues idees.

Aleshores, per què m'interessa tant Ferran? No ho sé.

El concert a la parròquia va eixir regular, quasi bé. O quasi malament, segons com es mire... Els diners van arribar just per a pagar l'equip de so, de manera que, de recollir fons per a l'associació, res de res. Una ruïna. Haurem de pensar en una altra cosa. Però crec que ho hauran de pensar uns altres, perquè jo passaré de la parròquia durant una temporada.

He dit que va eixir quasi bé perquè, a la gent que hi vingué, sembla que li va agradar el concert. La veritat és que la majoria eren col·legues dels conjunts que actuaven, de manera que la cosa no té gaire mèrit. A mi no em van entusiasmar, ja ho he dit. Ni el grup de Ferran ni els altres. És una classe de música que no m'acaba d'omplir. A mi m'agrada més la música melòdica.

6

Amb Ferran, em passa una cosa estranya. Sens dubte, té alguna cosa que m'agrada. Però també té coses que no m'agraden, que no m'agraden gens. I, la pitjor part de tot açò, és que puc explicar millor les coses que no m'agraden que les que m'agraden.

No m'agrada físicament. No és un xic que el veus i ja vols caure en els seus braços. En absolut. No m'agrada la seua forma de vestir. No m'agrada la música que fa. No m'agrada cap dels seus col·legues. Cap. Sempre amorrats a la botella i sempre dient males paraules, tant si fa al cas com si no. I no és que, a mi, em molesten les males paraules; però dir, ara i adés, «em cague en Déu», per ací, «em cague en la Mare de Déu», per allà, a més que és un costum lleig, que indica mal gust, és avorrit. I no m'acaben d'agradar les seues idees polítiques.

De manera que, per què m'agrada Ferran? Perquè el fet és que m'agrada. He de confessar que m'agrada. Avui ha intentat besar-me. Jo m'he apartat. S'ha tornat roig. S'ha quedat totalment fora de joc. Ni tan sols ha estat capaç de dir res; no s'ha disculpat ni ha tractat de convéncer-me. No res. S'ha quedat callat i amb les galtes tan roges que pareixia Heidi. Això sí que no m'ho esperava d'ell, tan aparentment segur de tot. I ha estat aquest desconcert, aquesta fragilitat inesperada, l'actitud que m'ha fet sentir una tendresa que mai no havia sentit abans per ningú. Jo he rigut i això l'ha tranquil·litzat. Ell també ha rigut. Li he donat la mà i ell ha intentat besar-me per segona vegada. Jo només he apartat els llavis i m'ha besat a la cara.

7

No vull que Ferran monopolitze aquest diari. No vull, però crec que això està a punt de passar. I ha de ser per algun motiu. És inútil que em faça la desmenjada, com si no passara res; de manera que és preferible afrontar la situació. Per què em passa tot açò? Considere, personalment, que hi ha dues hipòtesis que poden explicar el procés.

Primera hipòtesi. Ferran, amb les seues idees i la seua personalitat, ha començat a influir-me. Jo crec que sóc una dona reflexiva, és a dir, que no em deixe portar pel primer impuls, que m'agrada analitzar les coses i tot això. Fins i tot, m'han dit sovint que sóc massa racional, massa freda en les meues reaccions. A més, tinc les meues idees i no estic gens acostumada a canviar-les així que llegesc alguna idea nova o que escolte algú que parla molt bé. De manera que no és gens normal aquesta influència que Ferran exerceix sobre mi.

Potser aquesta relació m'ha agafat en un moment de baixa forma. Quan vaig decidir començar a escriure aquest diari va ser, precisament, per veure si m'aclaria una miqueta, perquè he de reconéixer que vaig un poc perduda. És a dir, que tinc les meues idees però, ara mateix, no sé quines són exactament; o, més ben dit, no n'estic gens segura.

Per exemple: crec en Déu, per descomptat, i vaig a missa cada diumenge. Però, què significa creure en Déu? I per què continue anant a missa? A Ferran, li encanta criticar el meu cristianisme. Ho passa bé jugant a fer-se el blasfem. Em diu que per què crec que una sèrie de moviments màgics, units a unes paraules igualment màgiques, poden convertir el vi i la neula en la sang i el cos d'un individu que va morir fa vint segles i, en canvi, no crec que la dansa del bruixot d'alguna tribu tinga el poder de provocar la pluja. Insisteix a dir-me que no comprén com sóc capaç de participar en un ritu antropofàgic, com ho és la comunió. Coses així.

Aquests atacs tan baixos, tan ridículs, només aconsegueixen, en principi, que jo em referme en les meues creences. Li dic que la religió és una cosa massa seriosa per a discutir-la d'aquesta forma. I com que ell no sap discutir de cap altra manera, normalment, acabem aviat aquest tema. Però és cert que jo no tinc les coses tan clares com tracte de fer veure davant seu.

Una altra història és la política. També en aquest sentit li agrada provocar-me de tant en tant. Es burla del meu compromís amb els moviments pacifistes, amb l'ecologisme i amb la plataforma pel 0,7. Les coses no s'arreglen posant l'altra galta, em diu, sinó donant canya. No sé si realment està d'acord amb ETA i HB o si només coqueteja amb aquestes idees perquè em vol fer por. La nit següent a la de l'actuació a la parròquia, després de recollir els instruments, vam anar a beure unes cerveses amb els seus col·legues del grup. En aparéixer el tema del pacifisme, el bateria del grup va començar a proferir crits a favor d'ETA. De tots, és el que pitjor em cau. Va dir unes paraules semblants a aquestes: el món és una merda, a dalt hi ha els rics, menjant gràcies a nosaltres i cagant, i nosaltres hi estem davall, enmig de la seua merda, i encara volen que els donem les gràcies. Això només s'arregla amb goma 2.

Bé, això sí que ho tinc ben clar; en aquest aspecte sí que no tinc cap dubte. Els d'ETA em semblen uns assassins i no crec que amb bombes i trets al cap s'arreglen els problemes. Sobre aquest tema, sóc jo la que en parla sovint. Ell adopta una actitud molt ambigua per a mi. Diu que si ETA assassina, també ho fa el govern, i em posa l'exemple del GAL, tota aquella història dels policies que torturaren i mataren uns quants etarres, uns fets als quals fins ara, jo no havia prestat gaire atenció. Per a ell, condemnar ETA significa donar suport al govern, a la tortura, i negar als bascos el seu dret a ser independents. Assegura que ell no està a favor de la violència i que per això no és proetarra. Ni amb ETA ni amb el govern: aquesta és la seua proposta. I això, a mi, em sembla que és rentar-se les mans.

En qüestions culturals ens entenem molt millor. Encara que no m'entusiasma la música que fa, hi ha moltes coses relacionades amb la música en les quals coincidim. I, sobretot, m'ha obert camps que jo, abans, ni havia somiat. No és un xic dels que estan tancats en un sol estil musical, en absolut. Li agraden moltíssimes coses, i molt diverses, i té una col·lecció de discos fabulosa. Ja li n'he dema-

nats uns quants, per a escoltar-los a casa. Per exemple, li encanta la música clàssica, una afició que no aparenta tenir gens ni miqueta. L'altre dia em va dir: «per a tu, que creus en Déu, escolta açò». I em va posar una peça de Bach. «Quan escolte Bach, jo també crec en Déu», em va dir en acabar-se la música. No sé si és una frase seua o si l'ha escoltada a algú, però li va quedar molt bé.

Açò s'allarga, encara estic en la primera hipòtesi i ja comença a fer-me mal el braç de tant d'escriure. Deu ser que no tinc ganes de parlar de la segona hipòtesi. O que no gose fer-ho. La segona hipòtesi és que estic enamorant-me d'aquest xiquet.

8

Ahir, divendres, el grup de Ferran va actuar en una discoteca als afores de Vigo. Després del concert, Ferran em va presentar dos amics seus. Estudien a la universitat. L'un és Daniel, que passa el dia fent acudits perquè va de graciós, encara que, a voltes, pot resultar una miqueta pesat. Això sí, és molt atractiu i, a més, ho sap perfectament. És a dir, que va de trencacors per la vida o, almenys, a mi m'ha fet aquesta impressió.

L'altre és un tal Suso, un personatge d'allò més estrany. A penes li vaig veure la cara perquè sempre la tenia tapada per una càmera de vídeo. Ho grava tot. Mentre jo el saludava, ell em gravava; va gravar com ens donàvem la mà. Després, em va fer un primer pla i va començar a fer-me preguntes i més preguntes. Al principi, preguntes així, sobre qualsevol cosa, que on estudiava, que quin curs, que si era de Vigo, que si tenia algun amic íntim... I, de sobte, va començar a fer-me preguntes enormement descarades: «Has follat alguna volta?», «La primera vegada que ho feres, et va agradar?», «Et masturbes?», «Amb quina freqüència?». Jo em vaig quedar erta, sense saber què dir. O, potser, em vaig posar a riure com una fava. I aquell, vinga de gravar i de fer-me preguntes gorrines: «T'agraden les pel·lícules porno?», «Les veus tu sola o t'estimes més tindre companyia?»... Quan me'n vaig cansar, me'l vaig llevar de damunt, apartant la càmera amb la mà.

El concert va ser un desastre. El so era fatal i les lletres no s'entenien gens ni miqueta. Ferran es va desfer la gola, però la seua veu sonava com els miols d'una gata que corre pels terrats. Ara, que era igual. Allà, ningú no feia cas de la música. La majoria de la gent hi havia acudit per a posar-se bé i, com, a més, el whisky *i la ginebra eren de marraixa pura, a la mitja hora ja anava tot el món cuit. I jo també vaig estar a punt d'agafar un bon pet. Quan me'n vaig adonar, encara era a temps: vaig deixar el meu cubata sense acabar-me'l.*

Mai no havia estat en una festa així. Ara crec que no hauria de tornar a cap altra. Ferran va quedar que em trucaria, per si de cas volia eixir aquesta nit. No sé...

9

És diumenge. Ahir no vaig escriure res al diari. Vaig arribar tardíssim a casa; devien ser ja les sis del matí. Ma mare m'esperava a la saleta, dormint al sofà. Mon pare m'ha sermonejat durament aquest matí. Els tenia molt malacostumats. S'han avesat a la xiqueta formaleta que mai no arriba tard ni ix a ferne una de nit, i em costarà molt de temps i molts esforços aconseguir que m'allarguen la corda una miqueta.

He tractat de fer-los veure que això d'arribar a casa, una nit de dissabte, abans de les dotze, és una cosa que ja no exigeixen els pares ni als fills ni a les filles que tenen més de divuit anys. Les dotze! Però qui ha dit res de les dotze? M'ha dit mon pare, a crits. Una cosa són les dotze i una altra les sis del matí; que tu no has tornat de nit, sinó de dia... Però l'endemà. M'he rigut sense voler, perquè m'ha semblat que l'expressió de mon pare era graciosa, encara que, ben mirat, li ho havia posat a ous, amb això de les dotze de la nit. I m'ha caigut una nyespla que m'ha tallat en sec el riure.

No recorde quant de temps feia que no em pegaven. Ni tan sols estic segura que els meus pares m'hagen pegat alguna volta. Supose que per això m'ha dolgut encara més. Per sort, el meu germà Monxo no estava present; perquè això sí que no ho hauria suportat. Ma mare sí que hi era, com una espectadora, i ha fet el paperet de bona, de perdonavides, una actitud que encara m'ha molestat més. Que si havíem de parlar tranquil·lament, que si jo ja sé que no ets de les que tornen tard, que això ja no tornarà a passar...

He entrat a la meua habitació i m'he negat a continuar parlant. He tancat la porta per dins. Mon pare s'ha posat a cridar i a fotre colps perquè li obrira. Ma mare l'ha calmat; he sentit com enraonaven en veu baixa i no he pogut comprendre què deien, només he enxampat algunes paraules soltes, quan cridava mon pare. No podem deixar que se n'isca sempre amb la seua! I coses per l'estil. Per fi han callat i ma mare m'ha dit, des de l'altra part de la porta, que ja parlaríem quan em tranquil·litzara.

Fa unes quatre hores que estic ací dins. No he volgut eixir a l'hora de dinar. Ma mare m'ha demanat que li obrira per a entrar-me el dinar, però m'hi he negat. Després ha enviat Monxo. Li he dit que no tenia fam, que s'emportara el dinar i que em deixara descansar, perquè anit quasi no vaig dormir. Em sap greu per ell. El pobre no deu entendre res. O potser sí, potser li ho han explicat, perquè no crec que ell s'haja adonat a quina hora he arribat. Ahir; vull dir, aquest matí. Al migdia, quan ha vingut a dinar, jo ja m'havia tancat a l'habitació. Ha volgut parlar amb mi, no sé si perquè se li ha acudit a ell mateix o perquè li ho han demanat els meus pares, però jo li he pregat que em deixara descansar. Espere que no s'ho haja pres malament, perquè no tinc gens de ganes d'enfadar-me, també, amb el meu germà.

Confesse que em trobe bastant confosa. En el fons, no tinc cap interés a lluitar per aconseguir que em deixen tornar a casa, tots els dissabtes, a les sis del matí. Si em demanaren, sense crits ni amenaces, que tornara abans, no seria capaç de negar-m'hi. Però no puc consentir que m'imposen les coses només perquè sí, perquè ho diuen ells, que són els qui manen. Aquells temps ja han passat; i si creuen que, perquè ells ho van haver de sofrir, ara nosaltres hem de seguir el seu exemple, ho tenen clar.

En realitat, no m'abelleix gens estar a males amb els meus pares. I sé que ells també deuen trobar-se malament. Probablement ells, com jo mateixa, deuen estar buscant una forma d'arreglar-ho, sense que semble que són ells els qui cedeixen. Jo, per descomptat, no cediré. Tinc divuit anys i no poden manar de mi. Vindré abans, però no perquè m'ho diguen ells, sinó perquè vull jo.

La nit tampoc no va ser res de l'altre món. Com que era la primera nit que eixia de marxa, jo esperava alguna cosa més. Però no. Vaig passar tota la nit amb Ferran i els seus col·legues. Començàrem amb el vi. Quan estàvem menjant alguna cosa al Porco, hi van aparéixer Daniel i Suso, sempre amb la seua càmera. Amb ells, hi vingué també una xica, Manoli, una cursi de categoria. Vam seguir pel Tumba i pel Burundi, jo sempre a base de cervesa; crec que mai en la vida no havia pixat tant. Per cert, aquest és un autèntic problema, de vegades, per a nosaltres, les dones. Els xics poden posar-se a pixar tranquil·lament darrere d'un cotxe o en un cantó; però, per a nosaltres, és molt més complicat. A més, com que als nostres serveis només hi ha, generalment, una tassa, no com en els seus, que tenen aquells urinaris que els permeten pixar drets i en grups de tres o quatre, la conseqüència és que en tots els bars hi ha cua per a entrar al servei de les dones. I, damunt, a partir d'una certa hora, tots els vàters fan ois. En resum, que una bona part de la nit la vaig passar havent de suportar la cursi de Manoli, el graciós de Daniel amb els seus acudits, el sonat de Suso amb el seu vídeo i fent cua a les portes dels serveis. Una festa.

Ferran va ser una altra decepció. Va trobar no sé quin conegut de no sé quin grup i es va enrotllar, en una conversa llarguíssima, a la porta del Burundi; i jo, com si no existira. Però allò més graciós és que, quan li vaig dir que me n'anava, cap a les dues de la matinada, ell va insistir que no, que havíem de continuar la marxa. I jo em vaig deixar convéncer com una criatura. Vam acabar la nit en un antre desgavellat que jo no coneixia de res i amb un ambient d'allò més tirat. Ferran i Dani estaven ja col·locats, mantenint el puntet, com deien ells. Es van posar a ballar, els dos sols, enmig de la pista i van acabar abraçant-se i besant-se, mentre el ratllat de Suso ho gravava tot. No crec que s'hi veja res perquè hi havia molt poca llum. Després, es van entossudir a fer-me ballar. I va ser aleshores que els vaig dir que me n'anava definitivament. Com que no estàvem gaire lluny de casa, me'n podia anar a peu. Quan ja caminava pel carrer, vingué Ferran. Que per què te'n vas d'aquesta forma, que si estàs enfadada, coses així. Va voler acompanyar-me. Sense pegues, li vaig dir. I m'acompanyà.

L'airet de la nit el degué espavilar. Vam caminar enraonant, d'una manera més o menys normal, no recorde de què. Quan arribàvem, aproximadament, a Alcampo, va canviar d'estratègia. Primer em va posar un braç per damunt del muscle. Bé, jo el deixava fer. Després, em va besar al clatell. Jo me'n vaig apartar, abans que no se'n passara. Però ell no semblava disposat a renunciar. Va intentar besar-me una altra vegada. Aleshores, li vaig apartar el braç. Poc abans de creuar la carretera de Vilagarcía va reprendre l'atac. Ara, va començar agafant-me per la mà... No cal seguir. Confesse que allò que més em va molestar va ser que, en arribar davant la porta de ma casa, probablement perquè va pensar que havia arribat l'hora de l'atac definitiu, es va tirar damunt meu d'una forma molt poc elegant i va intentar besar-me a la boca, mentre em posava, descaradament, una mà damunt del pit. Vinga, Casanova. Me'l vaig llevar de damunt amb una empenta i vaig entrar a casa, després d'haver-li recomanat que se n'anara a dormir la mona.

Abans de pujar a l'ascensor, encara vaig mirar cap a la porta. Ell s'havia quedat parat, amb la cara clavada contra els vidres i amb una expressió de derrota tan gran que em vingueren ganes de tornar a eixir a consolar-lo. Aquesta és la part més estúpida de tota l'aventura. El personatge s'havia portat com un imbècil, no m'havia fet cas en tota la nit i, a última hora, havia intentat magrejar-me de la manera més vulgar i, damunt, a mi em feia pena.

En definitiva, sens dubte, una nit per a la història.

10

Porte un dia de mil dimonis. De mil dimònies *per a ser exacta. Tinc la regla. En classe d'Història he hagut de demanar permís per a eixir perquè em trobava fatal. Em deixa feta pols quan em ve tan forta. Quan estic així, renegue de ser dona.*

Ferran ha estat tot el sant dia buscant-me la volta. Ha vingut a parlar amb mi en dos descansos i, després, en eixir del pati. Jo he procurat no separar-me de Raquel i Marina. No els havia dit res, però elles han comprés de seguida que no em feia gens de gràcia quedar-me sola amb Ferran. Per això som amigues.

11

No és just que ser dona estiga castigat. Perquè ser dona està castigat en molts sentits. Ara mateix me'n vénen al cap, almenys, dos.

Cada volta que tinc la regla renegue de la meua condició de dona i desitge ser home. Sé que això no em passa només a mi, quasi m'atreviria a dir que els passa a totes les dones, almenys en algun moment. Totes les meues amigues reconeixen que, d'alguna manera, comparteixen aquest sentiment. Supose que, en canvi, els homes mai no se senten inclinats a negar-se com a tals i a voler ser dones. Almenys no és un fet generalitzat.

Una xica que es relaciona amb diversos homes passa a ser considerada una dona fàcil, *que és un terme molt semblant a prostituta o* mala dona. *Un xic que es relaciona amb diverses dones passa a ser considerat un* conquistador, *un* Don Joan, *que és la figura del mascle autèntic. Si resulta que ser una* bona dona *consisteix a no relacionar-se amb els homes o a relacionar-se només amb un, però ser un* home autèntic *consisteix a relacionar-se amb moltes dones, i si tenim en compte que el nombre de dones, en la nostra societat, és dalt o baix idèntic al nombre d'homes, resulta que els homes, per tal de comportar-se com a homes autèntics, necessiten que hi haja una bona quantitat de dones dolentes. En conseqüència, els homes necessiten l'existència de prostitutes o han d'actuar com uns violadors, forçant dones bones. I les dones hem de triar entre ser bones dones, i no menjar-nos un torrat, o ser males dones i quedar marcades per sempre.*

12

He discutit amb Raquel. Quan tornàvem a casa, juntes, Ferran ha intentat parlar amb mi i jo he fet tot allò possible per evitar-lo. Raquel ha aprofitat l'ocasió per a posar-lo a parir. Que si tenia mala fama al barri, que si hi havia qui deia que trampejava amb les drogues, que es picava... Jo l'he defensat. I ho he fet d'una manera impulsiva, amb ràbia. Raquel s'ha quedat desconcertada. Supose que deu haver dit tot això perquè es pensava que Ferran i jo ho havíem deixat estar definitivament. Jo he continuat, i l'he tractada d'una mane-

ra tan agressiva que, ara, em sorprén a mi mateixa. Fins i tot l'he acusada de ser una bruixa. T'encanta difamar la gent, bruixa, vés a saber què deus dir de mi així que em gire. Ella no ha sabut què contestar i s'ha quedat, consternada, enmig del carrer.

Ara, ací a casa, em pregunte per què he reaccionat d'una manera tan rabiosa i tan agressiva. Només se m'acudeix una resposta que no m'agrada gens. Però el cas és que aquesta qüestió de la droga no és la primera vegada que l'escolte.

13

Daniel m'ha trucat per telèfon. Vol que isca amb ells demà a la nit. Ells, és clar, inclou també Ferran. Probablement ha estat Ferran qui li ha dit que em truque. El pla és atractiu. Hi ha un concert de rock en una sala nova que han obert a la carretera de Madrid. Hi actua Willy DeVille. A mi no em sonava de res, però m'ha explicat que és l'autor de la música d'un anunci molt divertit que passen sovint per la tele, i sí, és una música marxosa, no es tracta del típic rock sorollós. M'he deixat convéncer. A més, m'ha semblat que era una bona ocasió per a posar a prova els meus pares. Sorprenentment, no m'han posat cap pega. Mon pare només ha dit que procurara no tornar gaire tard i que, si havia de tornar més tard de les dotze, trucara per telèfon.

14

El concert em va agradar. Diria que va ser guai si no fóra perquè odie aquesta paraula estúpida, però no trobe cap altre adjectiu que no siga igual de tòpic. Ho vaig passar molt bé. Fins i tot vaig ballar una miqueta amb Dani. A qui no suporte és a la cursi de Manoli, sempre botant i cridant amb veu de rata en zel. El

Suso estava calent, perquè l'havien obligat a deixar la càmera de vídeo a l'entrada. Va passar la nit dient que el so era fatal. Ferran, al principi, li va donar la raó. Sí, el so és fatal, però és per culpa de les condicions acústiques de la sala, que són fatals. A la tercera o quarta cançó, quan l'altre seguia amb la mateixa dèria, amargant-nos la festa, ja el va tallar. Ací l'únic que sona fatal ets tu, que tens el disc ratllat; si no calles, et cosirem els llavis amb grapes.

Són curiosos, aquests tres elements. Formen una pinya, sempre inseparables, encara que cadascun no té res a veure amb els altres. Misteris de l'amistat. Ara, allò que ja no s'entén gens és què fa, entre ells, Manoli. No és que no tinga res a veure amb ells, és que cap dels tres no li fa cas, però ella va al seu darrere com si no poguera viure sense sentir els insults que li dedica Suso o sense les bromes que li fa Daniel. Perquè no és que no li facen cas; en realitat, l'únic que fa com si no existira, perquè no recorde que li dirigira la paraula ni una sola vegada, és Ferran. Però els altres dos la tracten com un ninot; sempre estan clavant-se amb ella, amb motius o sense, encara que, la veritat és que, de motius, sempre en dóna; però quan no els dóna ella, se'ls inventen. Ella, no sé si és idiota o que no en papa ni una o que fa com si no en papara ni una. La veritat és que em fa pena. Ha de tenir unes raons molt fortes per a aguantar tant com aguanta, i l'única raó que se m'acut és que està boja per Suso i això sí que és una desgràcia digna de llàstima.

15

Aquest ha estat un cap de setmana molt tranquil. Dissabte de vesprada vaig anar al cine amb Ferran. Vam discutir si anàvem a veure Sentit i sensibilitat *o* Hola, ¿estàs sola? *A mi, m'abellia més la primera perquè me n'havien parlat molt bé, però el Ferran sempre ho ha de veure tot amb el prisma polític i deia que calia donar suport al cinema espanyol, ja que no hi ha cinema gallec; que les multinacionals controlen tot el mercat, que passa com amb la música, que tot el món consumeix el rock que promocionen les multinacionals americanes, mentre que, ara mateix, la millor música que es fa és l'africana.*

No hi ha manera de parlar, pràcticament, de res, sense que ho mire des del punt de vista polític. A voltes, es posa una miqueta massa pesat, però la veritat és que té raó. En aquest cas, a més, va servir per a anar a veure una pel·lícula que, almenys jo, no hauria anat a veure mai. És una pel·lícula boníssima, conta la història de dues xiques que se'n van de casa per a intentar fer-se riques, o això diuen; perquè, en realitat, treballen en un hotel, entretenint turistes de la tercera edat, i, després, viuen a Madrid, en un pis que sembla una conillera, i acaben treballant per a la mare d'una d'elles. Els millors detalls són l'amistat entre elles i la història d'amor amb un rus que no sap parlar gens d'espanyol, però que està boníssim. A mi, el detall que no em sembla creïble és que les dues es passen el rus tranquil·lament, perquè una està enamorada d'ell i, no obstant això, no li importa que l'altra es gite també amb ell. Sobretot, no sembla creïble perquè, aparentment, van per la vida de modernes i alliberades, l'amor lliure i tot això, però després, quan la mare comença a insinuar-se amb l'amic d'una d'elles, la xica es posa frenètica.

Jo no crec que tot això puga funcionar sense problemes. Si una està enamorada d'algú, no va deixant-lo a les amigues. I supose que als xics els passa igual. No es tracta d'una qüestió de moralitat o de la idea de pecat que ens imposa la religió. Per més que pensem que cadascú és lliure, en una parella, i encara que vulguem llevar al sexe la importància excessiva que solem donar-li, a mi em sembla que quan t'enamores hi ha alguna cosa que et fa desitjar que la relació siga exclusiva.

Naturalment, Ferran no estava d'acord amb mi. Per a ell, tot això és una qüestió social, una qüestió d'educació. I, com és normal, també li va posar el toc polític. No sé si ho vaig entendre bé del tot, però, si fa no fa, deia que la idea que l'amor ha de ser una relació exclusiva de parella és pròpia del capitalisme. Perquè, en el capitalisme, la idea fonamental és la propietat privada; per això, en les relacions afectives s'imposa també el sentit de la propietat. No acceptar que la teua parella tinga una altra relació és actuar com l'empresari capitalista que considera que les coses només poden funcionar gràcies a la propietat privada. És a dir, que la xica que no vol que el seu amic es gite amb una altra, està considerant-lo com si fóra la seua propietat privada. I a l'inrevés. I jo em pregunte com reaccionaria ell si es trobara un dia, amb un inrevés. *Perquè una cosa és la teoria però, després, la pràctica va per un altre costat.*

16

Les relacions amb Ferran s'han normalitzat del tot. Vull dir que ja no estic tan enfadada amb ell. Aquest cap de setmana, el seu tracte ha estat exquisit. Però no m'ha demanat disculpes per allò de l'altra nit. No deu entrar en els seus esquemes. Jo tampoc no li he demanat que es disculpe. Els dos actuàrem com si no haguera passat res.

Però, en què consisteixen les nostres relacions? És a dir: estic enamorada d'ell? Està ell enamorat de mi? Quan em vaig posar d'aquella manera amb la pobra Raquel, em vaig adonar que no podia fingir que Ferran no m'interessava. Però ara no puc, o més ben dit, no dec, no hauria de fer com si no em preocuparen certes coses. Per descomptat que no crec que es pique. Això es nota. No és que jo conega molta gent que es pica, però tinc entés que la gent que depén de l'heroïna necessita, en primer lloc, molts diners i, a més, té moltes dificultats per a fer vida normal. A Ferran no li sobren els diners, precisament, i tinc ben clar que fa una vida normal perquè hi ha dies que els passem quasi sencers junts i jo no li he notat res.

Picar-se no; això descartat. Ni crec tampoc que tinga res a veure amb els negocis de la droga. No sé d'on deuen haver eixit uns rumors semblants. És veritat que fuma porros. Tant ell com Daniel. En realitat, crec que és Dani qui compra el material. Va ser ell qui enrotllava els porros la nit de la moguda i, després, en el concert de Willy DeVille. La vesprada que vam anar els dos sols al cine només va fumar Ducados, com fa sempre. Jo crec que és Dani qui li passa els porros. Ferran només en fuma quan li n'ofereix Dani. Fins i tot jo en vaig fumar una miqueta.

Però la veritat és que per l'institut corre el rumor que té alguna cosa a vore amb les drogues. Crec que ho hauria de comentar amb ell. Si sóc sincera, he de reconéixer que estic enamorant-me d'ell. D'acord, ja ho he dit. M'ha costat un gran esforç escriure-ho. És com si el cor anara per un costat i el cap per un altre. El cap em diu que hi ha perills, que no seran unes relacions fàcils, que no és una persona completament transparent, que em pot fer mal, potser no d'una manera conscient, perquè jo crec que Ferran és bona persona; però sé que hi ha alguna cosa, que potser ni tan sols ell controla, que em pot fer mal, molt de mal. Però jo note que cada dia se'm fa més necessari estar amb ell, que quan estem enfadats, com la setmana passada, em falta alguna cosa important. No m'agrada aquesta dependència, en renegue; però és inútil que tracte de fingir que no existeix.

Però, ell també està enamorat de mi? Em sembla que sí. Ell no m'ho ha dit. Ni tan sols quan volgué besar-me i tocar-me. Ni ara que estem a bones. Parlem de qualsevol cosa, llevat d'això. És curiós, tan decidit com és, en aquest aspecte crec que és molt tímid. Però no seré jo qui prenga la iniciativa de declarar-me.

III
PRIMER SOMNI AMB ÀNGELS

era de nit en la nit de la nit hi havia una llum que es multiplicava en llums febles pàl·lides esgrogueïdes que queien d'uns fanals altíssims amb els colls retorçuts dels quals penjaven uns llums de formes toves que projectaven ombres sobre el sòl d'asfalt d'una carretera llarga que es perdia en la foscor de la nit perquè era de nit en la nit i en la nit apareixien ells i al principi jo no sabia quants eren ni qui eren però sabia que entre ells es trobava amb certesa ella ella que reia amb un riure desconegut un riure agut que escoltava amb disgust no sé ben bé per què i ells també reien amb el mateix riure agut i jo no sabia qui eren ells que la rodejaven rient tots ells també sota aquells llums tristos dels fanals que dibuixaven ombres d'amenaça als seus rostres a pesar dels riures que de totes formes eren uns riures sense alegria com els riures desagradables dels malvats de les pel·lícules i ella hi era entre ells i participava dels seus riures i jo ho sentia tot amb un desassossec imprecís els dos o tres o quatre que la rodejaven jo no sé quants eren pot ser que foren dos o a voltes tres o a voltes quatre ella era com si dansara entre ells passant dels braços d'un als de l'altre en una dansa que es trencava en esclats ràpids quan passava de l'espai il·luminat pels fanals a les tenebres de la nit fosca i l'asfalt i entre tots ells vaig saber que un era ell tenia una arracada enorme en l'orella esquerra i també l'arracada refulgia i refulgien les seues dents deformades i grandíssimes també i feien encara més horrible el seu riure de malvat algun altre li va passar una botella de la qual va beure sense deixar de riure tots ells reien i bevien però amb això ella ja no reia ja no ballava sinó que volia fugir corria però ells la rodejaven sempre rient i bevent ella no volia i ells l'obligaven també a beure però ella no s'hi resistia ja no corria no fugia encara que havia deixat de riure tots havien deixat de riure algú va dir alguna cosa que no vaig entendre i va creuar la carretera corrent un gos udolant de tristor va anar a pixar en la soca d'un arbre que mai no havia vist abans i de seguida va desaparéixer l'arbre i va desaparéixer el gos i enmig de la carretera va aparéixer un cotxe amb els fars encesos que ho il·luminaven tot amb una llum tan forta que no s'hi veia res escoltava el soroll del motor i una cinta que sonava al radiocasset que jo sabia que era la música de l'anunci del qual ella parlava al seu diari a pesar que quan ho vaig llegir jo no sabia quina música era les portes del cotxe es van obrir i tots ells ella i els altres no sé si dos o tres quatre no aquesta vegada és segur que no eren més de tres tots ells i ella entraven al cotxe les portes es van tancar i vaig deixar de sentir la música només el motor el soroll de l'arranc i el cotxe va eixir com una bala i aleshores vaig veure l'interior del cotxe sempre mal il·luminat només els caps quatre caps i la carretera que corria al seu davant perseguida pels llums insistents dels fars i vaig tornar a escoltar la música els meus ulls veien l'interior del cotxe des de la part del darrere com si jo anara assegut lleugerament entre els dos que anaven a la part posterior que un dels dos era ella i ella girava el cap i em mirava i ja no reia sinó que la vaig trobar infinitament trista i va tornar a girar el cap i ja només veia els seus cabells que onejaven lleugerament pel moviment del cotxe i aleshores el qui anava davant al seient del costat del conductor va girar el cap i em mirava i era ell amb la seua arracada grandíssima i va parlar però no sóc capaç de repetir totes les seues paraules només recorde que va acabar dient que ara morirem i jo estava dins del cotxe i al mateix temps no hi estava volia cridar però de la meua boca no eixia cap so volia fer alguna cosa però no em podia moure i llavors el cotxe va eixir de la carretera vaig notar com si volara a penes uns segons i després un rebombori de sorolls la música sempre sonant el motor un so esgarrifós un esclat sec i els llums que voltaven enlluernadors però jo no sentia res cap colp cap mal després una altra vegada la nit negra en la qual es confonia l'asfalt de la carretera i unes siluetes en les tenebres un silenci curtíssim després del qual vaig tornar a sentir la mateixa música i vaig veure el cotxe amb les quatre rodes girant inútilment enlaire les dues portes obertes i per una eixia el seu cap amb l'arracada enorme i deia ara som morts i a prop del cotxe hi havia algú més un home alt que jo mai no havia vist s'acostava a la porta per on guaitava el cap d'ell i l'aixafava duia una bota negra i gran i li clavava el taló al cap amb força però del cap no eixia sang només s'arrugava com una pilota que es desinfla aquell home que jo veia com una ombra allargassada que es retallava contra els llums tremolosos dels fars encara encesos va parlar també i va dir una frase que recorde perfectament ara ja estan morts perquè havien de morir es va inclinar i va posar un braç per la porta dins del cotxe i en va traure un saquet de dins d'una bossa que estava nugat amb una corda que ell va desnugar cerimoniosament quan ja s'havia posat dret una altra vegada i va posar la mà dins del saquet i en va treure la mà amb un grapat de pols blanca que lluïa estranyament en la tenebra de la nit i va allargar el braç i va obrir la mà com si sembrara un camp i va escampar la pols blanca sobre l'asfalt negre mentre al fons sonava la música contra el soroll ronc del motor encara en marxa les quatre rodes encara girant inútilment els llums dels fars que marcaven dos cercles de llum deshabitats i allà on s'unien en la cruïlla dels dos feixos de llum allà s'estava ella amb la mateixa expressió infinitament trista i vaig veure que movia els llavis com si em volguera dir alguna cosa però jo no vaig poder sentir-la perquè l'home alt va esclatar en una rialla sonora i amb aquell riure escandalós de rialles fortes em vaig despertar.

IV
UNA REVELACIÓ

T'havies adormit mentre llegies el diari. Dormires només uns minuts, de cap manera va arribar a una hora. I somiares. Et vas despertar amerat de suor i amb una sensació imprecisa que et provocava una fonda inquietud.

Sobre el teu pit, reposava el diari, obert per la pàgina que estaves llegint. En apartar-lo, els teus ulls trobaren aquestes línies:

... que no és una persona completament transparent, que em pot fer mal... que hi ha alguna cosa, que potser ni tan sols ell controla, que em pot fer mal, molt de mal.

Sí, pensares, podia i te'n va fer realment molt, de mal. Desgraciadament, la premonició de la teua germana s'havia acomplert. La premonició i, ara, el somni. Tu no eres gaire aficionat a creure en fenòmens paranormals, morts que parlen als vius des del més enllà, esperits que envien missatges des de l'altra vida i totes aquestes coses. Però tampoc no creies que l'atzar produïra coincidències tan fortuïtes i tan precises. Sí, perquè tot allò tenia la força d'un senyal que reclamava la teua atenció amb una evidència tan gran que fins i tot les teues reserves més racionals tendien a trencar-se i la son es va apoderar de tu just quan llegies aquella pàgina del diari; després, hi havia el contingut del somni i, finalment, la primera frase que trobares en tornar a llegir el diari.

Una veu repetia dins teu: «només és un somni, només

és un somni». D'acord, només és un somni, però també els somnis tenen una causa, els somnis tenen un origen i són també una forma de llenguatge. I aquest somni vol dir alguna cosa, vas pensar. Tu havies d'interpretar-ne el significat, ara ja no importava quin era l'origen. I el significat et semblava clar: Ferran va ser la causa de la mort de la teua germana. Desgraciadament, fins i tot els somnis apuntaven en la direcció que tu hauries volgut abandonar. Novament, tot semblava encaixar segons la primera hipòtesi. Ferran era un consumidor de drogues. Àngels va ser arrossegada per ell a un món que li era alié, un món de drogues, alcohol i, potser, també sexe. I finalment, la teua germana va passar a augmentar les estadístiques dels habituals morts adolescents del cap de setmana.

Notares que les llàgrimes volien aflorar una altra vegada i vas fer un esforç per controlar-les. Obrires la finestra i deixares que l'aire fresc i humit de la vesprada entrara a l'habitació. Ara plovia més fort. La vesprada s'havia tornat prematurament fosca i ni tan sols els núvols espessos d'unes hores abans eren visibles ara, sinó que el cel sencer semblava cobert per un vel opac. Els cotxes ja duien els fars encesos. La nit queia de pressa.

Mentre veies sense veure-les les files dels cotxes que circulaven per l'avinguda, les imatges del somni tornaven a la teua memòria. Hi havia l'home alt que sembrava pols blanca i ofegava amb les seues rialles les paraules que semblava pronunciar la teua germana. Sens dubte, aquella pols blanca era droga, cocaïna o heroïna, però això és igual. El fet que aquell home recollira la droga de dins del cotxe denunciava clarament que els ocupants n'eren consumidors. O, potser, traficants? Devien tenir algun significat especial les paraules de l'home alt? Per què les seues rialles silenciaven les paraules de la teua germana?

«Un somni, és un somni», va tornar a advertir-te la veu interior.

Vas decidir anar a fer una volta, abans que no es fera massa tard. Guardares el diari al mateix calaix d'on l'havies tret i vas eixir del dormitori. La casa era ocupada per un silenci que havia anat creixent, fins a omplir-ne tot l'espai, des que soterràreu Àngels. Ni la tia Júlia, que havia anat a viure amb vosaltres, havia aconseguit derrotar el poder d'aquell silenci que regnava a tota la casa, i només se sentien els sospirs, quasi muts, de tan ofegats com eren, de la teua mare. Vas eixir sense dir res, fent només un gest que volia dir que tornaves de seguida.

Ja al carrer, caminares sota la pluja. Et vas posar la caputxa de l'anorac i vas deixar que les gotes de pluja relliscaren per la teua cara. Les ulleres s'entelaren i te les vas llevar. No tens més que una diòptria a l'ull dret, de manera que t'hi veus perfectament sense elles. A més, ara mateix, no t'interessa veure res. Ni sentir res. Et molesten les llums dels cotxes i les dels fanals, et molesta el murmuri incessant de la cirulació, et molesta la gent amb què et creues per la vorera.

Camines en direcció a la platja, potser hi ha menys trànsit per allà, potser hi ha menys gent. A la fi de l'avinguda de Castelao, així que has passat el semàfor, has arrancat a córrer pel costat de la platja i no has parat fins arribar a Samil. T'has deixat caure de genolls sobre l'arena mullada, tractant de recuperar l'alé després de la cursa. La pluja no parava. Fins i tot s'intensificava. T'havies mullat fins als ossos, però no t'importava. L'esclat poderós de les ones i l'aire salat han produït l'efecte tranquil·litzador que sempre exerceixen sobre tu. Els teus ulls s'han perdut en la mar oberta. Allà, al fons, a penes s'hi distingia la silueta de les Cíes, les dues illes que vigilen l'entrada de la ria on havies passat tantes hores amb la teua germana, escoltant els crits de les gavines, aprenent a desxifrar els seus cants, fent acampades, banyant-vos en les seues aigües, sempre netes i fredes.

Novament vas sentir que estaves traint massa fàcilment

la seua memòria. Què t'havia fet pensar que, efectivament, la seua havia estat una mort més, en un accident de borratxos? Què t'havia mogut a adjudicar-los, a ella i als seus amics, la tòpica trilogia d'alcohol, drogues i sexe? Els dubtes que la teua germana manifestava al seu diari, a propòsit del seu amic, els havies convertits en proves contra ella i contra ells. I ja semblaves disposat a acceptar un somni, un simple somni, com una prova acusatòria definitiva.

Et vas aixecar. Referes el camí de tornada a casa, ara caminant, encara que de pressa. No volies arribar tard i que els teus pares es preocuparen. Mentre caminaves, seguies pensant en el mateix assumpte. Al diari, la teua germana, a pesar dels seus dubtes sobre Ferran, deia clarament que no es drogava o que, almenys, no es drogava amb drogues dures. Què devia voler dir amb allò del costat fosc? Potser aventurava la possibilitat que no en fóra consumidor, sinó que traficara amb drogues?

Ja havies arribat quasi a casa quan una nova hipòtesi et vingué al cap, com la possibilitat que buscaves de reconciliar-te amb la imatge familiar de la teua germana. Potser, pensares, era cert que Ferran tenia alguna cosa a veure amb l'assumpte de les drogues. Potser havia tingut alguna cosa a veure; és a dir, que és possible que es tractara d'una etapa superada, d'una cosa de la qual ell, ara, ja no en volia saber res. I podria ser que aquesta fóra la clau que buscaves...

Vas entrar a casa i, després d'avisar la tia que ja havies tornat i de dir-li que ja podien anar sopant, que tu hi aniries de seguida, et vas llevar l'anorac, les sabates i la roba mullada, et vas posar el barnús i entrares al bany. Sota la dutxa, revisares la nova hipòtesi. Suposem, pensares, que Ferran estiguera clavat en coses de drogues i que estava intentant deixar-ho. Suposem que algú no volia permetre que ho deixara. Aquestes coses passen. Així que algú entra als circuits de la droga ja no en pot eixir perquè els altres desconfien d'ell, creuen que es podria convertir en un delator. Per tant, l'accident potser no fóra un accident; potser es tractava d'una revenja, d'un compte pendent, o d'un càstig d'una banda de narcotraficants, per no seguir col·laborant amb ells.

En aquest punt, com una evidència contra la qual no tenia cap sentit rebel·lar-se, la figura de l'home alt que sembrava pols blanca va adquirir un significat molt precís. Ell representava algú interessat a provocar l'accident. Les seues paraules del somni ressonaven dins la teua memòria: «han mort perquè havien de morir». Perquè havien de morir. Era una sentència de mort, dictada pel botxí després de l'execució.

Com t'ho podies explicar? Va ser una revelació, vas dir. De sobte, totes les teues resistències racionals contra el poder comunicador dels somnis van desaparéixer. Vas sentir la intuïció irrefutable que aquell somni era un missatge que tenies l'obligació d'entendre. I va ser aleshores que, també inesperadament, vas comprendre què deia la teua germana en aquelles últimes paraules ofegades per les rialles de l'home alt. No, no va ser només que ho comprengueres. És que ho vas veure, sí, vas veure una altra vegada, perfectament, la imatge de la teua germana, més nítidament encara de com l'havies vista en el somni, pronunciant aquelles paraules que el riure de l'home alt no et permeté escoltar. Però ara comprenies què deia. No les escoltares perquè, en aquesta ocasió, les imatges havien eixit del teu cap sense que les acompanyara cap so; la teua germana movia els llavis sense que pogueres sentir què deia i l'home alt proferia grans rialles que tampoc no senties. Però aquesta vegada vas llegir exactament als llavis de la teua germana les paraules que ella pronuncià i que tu no havies pogut escoltar. Sí, les vas llegir, vas veure que el moviment dels llavis de la teua germana deien exactament: «no oblides, busca».

No saps com explicar tot això si no és com una revelació provocada per alguna força que venia de fora però que actuava des del teu interior. Una força que et provocava un vertigen irrefrenable contra el qual no podies ni volies lluitar. Sabies que no podries contar a ningú res de tot això. Qui havia de donar crèdit a una hipòtesi basada en la matèria evanescent d'un somni? Però no tenia cap importància. Et senties posseïdor d'un estrany poder i ungit per alguna força misteriosa que et conferien una missió única i personal. Recordares vagament les coses que havies aprés en la catequesi sobre els sagraments. Aquell somni t'apareixia com una cerimònia sacramental mitjançant la qual havies estat iniciat en un nou camí que t'havia de dur, necessàriament, a una nova etapa de la teua vida. I el sacerdot d'aquell ritual era, primer ho havies pensat com si es tractara d'una idea blasfema, la teua germana. La meua germana es deia Àngels, vas repetir una vegada més dins teu, el seu nom tingué la virtut de fer desaparéixer qualsevol aparença blasfema. Àngels, un àngel que guiava el teu camí, que havia de ser, a més, en un cert sentit, també el seu propi camí, el camí d'Àngels. El camí a través del qual, ara estaves segur, la seua imatge i el seu nom quedarien definitivament nets de qualsevol ombra de sospita.

Mentre et canviaves de roba, ja sec després de la dutxa, vas prendre la decisió. No oblidaries, buscaries. En primer lloc, havies d'investigar pel teu compte si era cert o no que Ferran tenia problemes amb les drogues. Fóra quin fóra el motiu pel qual la teua germana havia escrit allò al seu diari, tu havies de descobrir la veritat. Al cap i a la fi, era possible que ella no haguera pogut arribar a saber res, de manera que el diari, més que no una ajuda, podia ser un entrebanc. Fins i tot pensares que la seua petició, en el somni, només podia significar això: «busca». Sí, això faries, demà mateix, després de les classes, començaries la teua investigació.

V
QUÈ EN SAPS, DE FERRAN?

Ferran era un personatge molt popular a l'institut; però, probablement, no era allà on tenia els seus amics. Almenys tu no li'n coneixies. Vas decidir que parlaries primer amb Raquel i Marina, les amigues de la teua germana. A l'hora del descans, vas seure amb elles en una taula del bar.

Encara que havien assistit al soterrament i que ja t'havien expressat formalment el seu condol, sobretot Raquel es va sentir obligada a evocar, una vegada més, com volia Àngels, com era de fantàstica i totes aquestes coses tan amables que solem dir de les persones que han mort. Tu hi vas imposar una ràpida economia d'emocions, ja que comptaves amb l'estimable ajuda de Marina. Només volies que et contaren les coses que sabien de Ferran.

El desconcert de Raquel era evident. Per què volies saber-ho? I a tu, què t'importa, li hauries volgut contestar. Què vols saber, exactament? Va preguntar Marina, per la seua banda. No volies donar-los molta informació sobre les teues sospites, però vas creure que no podies evitar dir-los alguna cosa. No estic satisfet amb l'informe oficial sobre l'accident, vull saber si podia haver-hi alguna cosa més, els vas comentar. Què vols dir? Ara, la més desconcertada era Marina. He sentit alguns comentaris sobre Ferran; diuen que tenia alguna cosa a veure amb les drogues. Sí, sí, jo també he sentit rumors en aquest sentit, va confirmar Raquel. Però, això, quina relació podia tenir amb l'accident? Et va preguntar Marina. Encara no ho sé, potser cap; però també hi podria tenir alguna relació i jo ho vull saber.

Raquel va començar a parlar atropelladament. Jo ja l'havia advertida, que Ferran estava en la droga; era una cosa que la sabia tot el món, a l'institut: que es picava i que també en passava, ho deien tots. I tots diuen també que tu tens la llengua massa llarga, va intervenir Marina. Àngels també et deia que havies d'anar alerta i no acusar sense fonaments, i ara que no està ella, t'ho dic jo.

Però, a mi, només m'interessa la veritat, vas intervenir tu, Àngels eixia amb Ferran, de manera que no li devia agradar que en murmuraren; però potser per això mai no es va adonar de què passava realment; si la gent comentava que es drogava, devia ser per algun motiu. Això mateix pense jo, s'apressà a confirmar Raquel.

Tu no penses res, tu sents campanes i ja dius que ha mort algú, encara que toquen a missa de dotze, va intentar, Marina, frenar la seua amiga. Hi ha massa gent amb ganes d'inventar històries als altres; Àngels no creia que Ferran es drogara, i jo tampoc no ho crec: el problema és que té un germà que sí que tenia relacions amb la droga i això és la causa dels rumors.

Un germà. Això no contradiu la meua hipòtesi, vas pensar. Potser la revenja o el càstig no anaven contra Ferran, sinó contra el seu germà. Una advertència o, fins i tot, un error. En qualsevol cas, és una pista.

I no saps on puc trobar el germà de Ferran? Ni tan sols sé si encara és viu; deien que tenia la sida, va dir Marina. La família ho deu saber, vas dir tu. És fàcil, va acceptar Marina. Saps on viuen? Ho sé.

Vas anotar l'adreça en un paper. Marina et va explicar que eren molts germans i que, fins feia poc de temps, tots vivien junts al pis dels seus pares. Un pis al carrer de Marín, no gaire lluny de ta casa, però a la part del barri que té més mala fama. Mala fama... no, fora prejudicis, començaves a creure que la gent tenia massa facilitat per a embrutar el nom dels altres. Un germà teu té la sida i tu ets un drogoaddicte. Algú que viu en un cert carrer va a la presó i tots els del carrer són uns delinqüents.

Aquella mateixa vesprada anares al carrer de Marín. Només era a quatre passes de ta casa, però es tractava d'un territori pràcticament desconegut per a tu. Desconegut i, al mateix temps, perfectament familiar. Les mateixes torres d'apartaments grises, no gaire diferents a les de la resta del barri. El número de l'edifici on vivia la família de Ferran queia just darrere de la piscina municipal construïda de feia poc. La porta estava oberta, de manera que vas poder entrar a l'edifici sense trucar. L'entrada al bloc estava notòriament abandonada, amb les parets plenes de pintades que demostraven que feia anys que no s'havien pintat. Vivien al cinqué pis, de manera que pujares a l'ascensor, també ple de pintades. A més de l'inevitable retoc a l'advertiment, que en compte de dir «No deixe que els xiquets viatgen sols», deia «deixe els xiquets sols», una inscripció feta amb algun objecte punxegut proclamava: CAPITÀ GARFI PER SEMPRE.

Arribares davant del cinqué A i vas prémer el timbre.

VI
ELLA ÉS SANDRA

Qui va obrir la porta era una jove que devia tenir els mateixos anys que tu, però era de menor estatura. Et vas quedar callat, intentant endevinar mentalment qui devia ser. Una germana, de segur que era una germana de Ferran.

Escolta, et passa alguna cosa?

No t'havies adonat que la teua posició, allà, plantat en silenci davant la porta, no tenia res de normal.

Que si et passa alguna cosa, vas sentir que repetia la xica, amb la mosca a l'orella, abans que fores capaç de reaccionar.

Perdona, perdona, és que... Com havies de començar, per on et convenia començar? Em dic Ramon Salgueira i sóc germà d'Àngels.

Et va sorprendre la reacció immediata de la xica.

Passa, va dir, i et va fer entrar a la casa; els meus pares no hi són: ma mare ha anat a treballar i treballa fins molt tard; mon pare ha anat a passejar, perquè ara mateix no té faena i supose que no deu tardar, si vols parlar amb ell. Ara, només estem jo i la meua germana menuda.

La xiqueta et mirava amb uns ulls molt oberts i et va semblar, també, que amb una miqueta de temor.

Hola, em dic Monxo, i tu, com et dius?

Vas notar que havies de fer alguna cosa per apartar la por d'aquells ulls.

Jo sóc Mínia, et va contestar una veueta que a penes vas poder escoltar.

Hola, Mínia, vas acariciar el cap de la xiqueta, sense

aconseguir dissipar del tot aquella por que guardava al fons dels seus ulls.

Tots estem tristos en aquesta casa, vas sentir que deien, a la teua esquena, jo sóc Sandra, sóc germana de Ferran, com Mínia.

Sí, ja ho suposava. Saps?, jo no voldria molestar.

No, si no molestes.

És que, en realitat, es tracta d'un assumpte delicat.

Seu.

Sandra va fer un gest, tu acceptares la seua invitació i vas seure al sofà. Havíeu entrat a la sala, una sala menuda de pis de família obrera, decorada austerament: un moble amb el televisor al centre, els coberts dels dies de festa, alguns llibres, unes figures de ceràmica i algun trofeu esportiu als estants. A les parets, hi havia algunes fotos antigues, emmarcades; probablement dels avis. Et va cridar l'atenció l'absència d'imatges religioses: un cor de Jesús o l'habitual Santa Cena. Una taula de fusta ocupava el centre de la peça i semblava que, allà, Mínia estava fent els seus deures escolars. Sobre la mateixa taula, et va sorprendre veure una foto de Ferran, amb una banda negra de dol.

Coses de ma mare, Sandra seguia la teua mirada, diu que a la seua aldea, quan moria algú, era costum fer això.

Quan moria algú. Aquella paraula va colpejar les teues orelles amb violència: *moria, morir, mort.* A ta casa, ningú no la pronunciava en veu alta. Encara que aquella paraula ho omplia tot, a pesar que tots, el pare, la mare, la tia Júlia, tu mateix, la trobàveu ara i adés a les mirades i als moviments dels altres, ningú no la pronunciava mai. Fins i tot ta mare parlava sovint d'Àngels com si continuara viva. I allà, així que arribares ja havies sentit parlar de la mort amb naturalitat i havies vist la imatge del mort entronitzada al centre de la sala; un gest que et resultava quasi impúdic, innecessàriament explícit o, potser, insuportablement ostentós. Un gest que, a pesar de tot, t'obligava a reconéixer que tot aquell silenci de ta casa només era un esforç inútil per a amagar l'evidència inacceptada i terrible de la mort.

Jo a penes coneixia el teu germà, només de veure'l per l'institut alguna vegada.

Jo, a Àngels, sí que la coneixia; ha vingut a casa alguna vegada, però l'he vista, sobretot, als concerts del grup de Ferran i als assajos; encara que al meu germà no li feia gràcia, jo hi anava de tant en tant, als assajos, vull dir, perquè ell era molt formal per als assajos, però als concerts, depenia d'on foren i a quina hora, quasi sempre tard, de nit, ma mare no m'hi deixava anar.

Ella coneixia la teua germana i, potser, et coneixia també, per això t'havia deixat passar de seguida. Tu, ni tan sols sabies que ella existia. Per què Àngels mai no t'havia presentat Ferran formalment? I per què mai no havies vist Sandra? Devia estudiar en un altre institut?

Vas a algun institut?

No, estudie FP, secretariat; vaig al Politècnic; però tu no has vingut a parlar dels meus estudis...

No, és clar...

Vols esperar el meu pare una miqueta? Ja t'he dit que ma mare tardarà més.

No, no, m'estime més parlar només amb tu.

Tu diràs.

Vas mirar Mínia, la germana menuda, que seguia mirant-te amb temor.

És que hi ha coses, ja saps, que poden resultar massa delicades...

Mon pare no tardarà; si vols, es va mostrar comprensiva Sandra, després t'acompanyaré i parlarem.

Fantàstic.

Ara he de fer companyia a la meua germana; pots esperar-me o, si vols, quedem per a més tard, no crec que mon pare tarde més de mitja hora, perquè és un home de costums fixos i mai no torna a casa més tard de les sis; si vols, podem quedar d'ací a tres quarts d'hora en qualsevol lloc.

No sé, si a tu no t'importa, jo quasi que m'estimaria més esperar ací; mitja hora no és molt de temps i no sé on podríem quedar.

Mínia, amb tanta conversa no et deixem concentrar-te en els deures, anem a la cuina perquè pugues treballar més tranquil·la, d'acord?

D'acord, va dir la xiqueta, amb aquella veueta a penes perceptible.

I si tens algun problema, crida'm, que vindré a ajudarte, eh? Sandra et va mirar i et va fer un gest indicant-te que l'acompanyares, potser t'abelleix un refresc, o una cervesa, alguna cosa...

No, de veritat, no vull res.

La cuina era menudeta, molt més que la de ta casa, on podíeu menjar perfectament sense haver de parar la taula del menjador. Allà només hi havia una tauleta plegable de formica. Si l'obriren, vas pensar, no hi cabria, de manera que la deuen tindre sempre plegada.

Jo me'n beuré un gotet. Sandra havia tret una coca-cola gran de la nevera, si en vols...

No, vas negar novament, i de seguida notares els teus llavis ressecs, però ja no vas ser capaç de demanar-li'n; aquestes coses passen, els fills de bona casa apreneu a dir que no a les cases alienes, abans, fins i tot, de saber si en voleu o no, d'allò que us ofereixen.

Ací ja pots parlar tranquil; supose que no volies dir res davant de Mínia.

Això és; ja t'he dit que era un assumpte delicat, que em resultaria difícil d'explicar.

Vas notar que la mirada silenciosa de Sandra era una

invitació a la confiança. Va esperar sense dir res que trobares les paraules. I la saliva.

Crec que sí que me'n beuré un got, de coca-cola.

Sandra va somriure, va traure un got i el va omplir de refresc. Tu en vas prendre un glop.

Potser es tracta només d'una impressió; però, a mi, em sembla que en l'accident d'Àngels i de Ferran hi ha alguna cosa rara, no sé; una cosa que ha escapat a la policia, que no van voler investigar o que, senzillament, no se'ls va acudir.

Com ara quina cosa?

No ho sé; el cotxe era de Daniel, no? I era ell qui conduïa.

Sí.

El coneixies?

Una miqueta, no gaire.

Era bon conductor?

Li agradaven molt els cotxes, fins i tot va participar en una prova, de copilot, crec; sí, supose que devia ser bon conductor.

I, si és així, com t'expliques l'accident?

L'informe de la policia deia que arribaren a molta velocitat i que, probablement, havia begut.

I tu t'ho creus? Creus que Daniel era un borratxo?

No cal que fóra un borratxo; només que, aquella nit, havia carregat més; això passa sovint.

És a dir, que tu t'ho creus.

Llavors es va sentir el soroll de la porta.

Deu ser mon pare, que ha arribat abans de l'hora. Sandra es va aixecar i va eixir de la cuina; tu la vas seguir.

El pare de Sandra era un home d'uns cinquanta i molts anys, et va semblar, bastant més gran que el teu pare. O, potser, no era tan vell, però sí un home envellit. T'estranyà veure'l vestit amb una granota blava de treball, perquè Sandra t'havia dit que estava sense faena. Feia la impressió que tornava de treballar. Amb la seua mà gran i callosa es va llevar la boina negra que cobria una ampla calba, va deixar la boina damunt la taula i va posar la mà, tendrament, sobre el cap de la seua filla menuda, deixant que els seus dits es perderen entre els cabells de la xiqueta. Per primera vegada, els llavis de la xiqueta van dibuixar un somriure tímid i dels seus ulls va desaparéixer la tristor fonda que tant t'havia impressionat en arribar.

Pare, aquest és Monxo, el germà d'Àngels.

Fill meu! L'home et va embolcallar en una forta abraçada i tu no vas saber què dir ni què fer. Fill meu! Quina desgràcia més gran, quina desgràcia.

Vas sentir com aquell home plorava obertament sobre el teu muscle. Estaves paralitzat. Feia dies que intentaves controlar el dolor, reprimint les llàgrimes en públic, procurant amagar als altres l'expressió del teu dolor que, pensaves, era una impudícia mostrar obertament, i ara aquest home a qui acabaves de conéixer es posava a plorar sense cap vergonya, abraçant-te.

Pare, Monxo i jo volíem eixir, anirem a fer una volteta si tu et quedes amb Mínia, et sembla bé?

L'home t'alliberà de l'abraçada, va traure un mocador i s'eixugà les llàgrimes. Va seure al costat de Mínia i ara era la menuda qui l'acariciava dolçament.

Vés, aneu, ja sé que plorar no serveix de res, però ja no podem fer una altra cosa: plorar-los; és l'única possibilitat que ens deixa la mort, plorar-los.

Sí, pare; ara ens n'anem.

Aneu.

Adéu, senyor.

Adéu, fill.

Baixàreu en silenci en l'ascensor. La incomoditat que t'havia provocat el comportament del pare de Sandra seguia dominant-te. Ella semblava pensar en alguna cosa molt privada i molt fonda. Qui us haguera vist, hauria pogut pensar que havíeu coincidit casualment a l'ascensor. Eixíreu al carrer.

Accidents així n'hi ha molts, Sandra va reprendre la conversa al mateix punt on l'havíeu deixada a la cuina, i poden passar per molts motius, si ens paràrem a pensar-ho, jo no sé si ens atreviríem a pujar a un cotxe, jo no li trobe res d'estrany, què et fa pensar que hi podia haver alguna cosa rara?

Jo no sé si Daniel era un borratxo o si se'n passava alguna nit, encara que no fóra borratxo, però sí que sé que Àngels no era una borratxa, ni havia tornat mai carregada a casa, encara que foren altes hores de la nit...

Jo no gosaria assegurar-ho, et va interrompre Sandra.

Què vols dir?

Que, una nit, a qualsevol se li'n pot anar la mà amb els cubates, això és normal, li pot passar a qui siga i també li hauria pogut passar a la teua germana, però tot això crec que no té cap importància en aquest cas; és igual, perquè Àngels no era la que conduïa el cotxe, això sí que és segur.

Vas sentir el desig de respondre, de reivindicar la memòria de la teua germana, de dir-li ben clar que no, que tu estaves segur que la teua germana no era de les que van de borratxera ni es deixava arrossegar per uns borratxos en un viatge suïcida. No ho vas fer, però va ser aquella ràbia la que et va donar força per dir-li allò que encara no t'havies atrevit a dir-li.

Tant si anaven amb unes copes de més com si no, un bon conductor no se n'ix de la carretera només perquè sí, i menys en un lloc sense cap dificultat, pràcticament en una recta, de manera que jo afirme que hi va haver alguna cosa més.

Com ara quina?

Per exemple, que rebentara una roda que algú havia manipulat prèviament o que fallaren els frens perquè algú es va encarregar de traure'n el líquid; podria haver passat de moltes formes.

Sandra va deixar de caminar. Havíeu arribat al passeig de l'avinguda de Castelao, després d'haver deixat arrere el ridícul espectacle dels volcans coents de ciment que, a aquella hora, començaven a llançar aigua entre llumets de colors. Sandra et va mirar, entre seriosa i incrèdula.

Però, qui hauria volgut fer això?

Qualsevol que tinguera interés a matar alguna de les persones que anaven en el cotxe, ja sé que em diràs que he vist moltes pel·lícules, i és cert, m'agrada molt el cine...

A mi també.

...però, en la realitat, de vegades passen coses més fortes i més imprevisibles que no en les pel·lícules.

D'acord, sí; però jo encara no sé per què hauria d'haver-hi algú que volguera matar el meu germà, la teua germana o els seus amics; és que ni em passa pel cap, de manera que supose que si tu has pensat això deu ser perquè tens alguna idea.

De segur que no et passa res pel cap?

A pesar de la força que et donava la ràbia, notaves que tenies dificultats per a dir clarament el motiu que t'havia portat a trucar a la casa de Ferran. Vas mirar Sandra cara a cara. Ella et va tornar la mirada amb el mateix aire d'incredulitat que tenia des que havies començat a parlar de la possibilitat d'un accident provocat.

Segur, i no sé per què dimonis em fas aquesta pregunta.

Havia arribat el moment, li ho havies de dir ja.

Tens un germà que té problemes amb la droga, no?

Sandra va encaixar el colp. Els seus ulls es van clavar en els teus. Què hi vas veure? El llenguatge dels ulls és tan ambigu, tan imprecís... Potser, senzillament, veiem sovint als ulls dels altres allò que volem veure, allò que desitgem o que temem veure-hi. Però des del mateix moment que vas conéixer Sandra, vas notar que els seus ulls et resultaven inesperadament diàfans; la seua, era una mirada inusualment eloqüent. Sí, als seus ulls vas veure, primer, ràbia, enuig. Vas notar que la seua mirada t'atacava, t'insultava, que era una mirada que volia ferir-te. Uns segons després, aquella mirada va canviar. L'odi va deixar pas al desconcert i el desconcert a una certa curiositat; una curiositat combinada amb una sensació d'alarma.

Però, això què hi té a veure? Quina importància pot tenir que jo tinga un altre germà i que ell tinga o no tinga problemes amb les drogues?

Només es tracta d'una hipòtesi; però encara no has contestat la meua pregunta.

Potser per primera vegada des que havíeu iniciat aquella conversa, Sandra va deixar de mirar-te a la cara. Aleshores, vas ser conscient que sempre parlava mirant directament als ulls. Perquè en aquella ocasió va parlar amb els ulls baixos, com si volguera trobar qui sap què a terra, entre l'herba i el paviment.

El meu germà més gran, Albert, està morint-se de sida, els metges diuen que li queda poc de temps i volien que el portàrem a casa, però ma mare creu que encara no està tot perdut i, com que treballa en Povisa, va aconseguir que li posaren un nou tractament, o això crec, no sé, ma mare no parla gaire de tot això, a casa.

De la mort, se'n pot parlar, pensares; de la sida, no. La sida és també mort, però una mort que ni tan sols els qui mai no han tingut por de parlar-ne, en les seues formes més velles, s'atreveixen ara a anomenar. La sida és la mort més innoble, la mort innominable.

Albert té la sida perquè es picava.

Notares l'esforç que li va costar dir allò. Sandra va callar. Per fi, tornà a mirar-te als ulls. Té els ulls de color verd fosc, com el seu germà, vas pensar; al seu diari, Àngels deia que tenia els ulls d'aquest color, encara que li canviaven, creus recordar. També li devien canviar de color a ella?

Però continue sense discernir què té a veure tot això amb l'accident. Ferran no es picava ni prenia drogues, Sandra va recuperar la paraula i va dir tot això amb ràbia, ni tan sols l'he vist mai borratxo, encara que no gosaria assegurar que, alguna vegada, no s'haja bufat; i els altres dos, per les coses que jo sé, tampoc no tenien res a veure amb les drogues.

Suposem, insistesc que es tracta només d'una hipòtesi, suposem que el teu germà, el gran...

Albert, et va recordar Sara.

...Albert, a més de picar-se, també venia droga; molts ionquis fan això.

Sandra va resistir la teua mirada. D'acord, vas llegir als seus ulls, no m'agrada gens la teua hipòtesi, però continua.

Suposem que els qui tenen o tenien Albert fent de camell volgueren que Ferran continuara el negoci.

Però quines barbaritats dius! Sandra va botar, va deixar anar la seua indignació, fins ara continguda. D'on traus aquestes històries? Tot això no té ni cap ni peus.

Suposem, volies que Sandra escoltara tota la hipòtesi, que Ferran s'hi negara i suposem que els altres no acceptaren la seua negativa, això ja ens dóna una resposta a la teua pregunta.

Quina? Sandra estava furiosa.

Quina què?

Quina és la resposta?

Que els de la droga van provocar l'accident d'alguna manera, per tal d'obligar el teu germà a col·laborar amb ells.

Sí que tenen una forma curiosa d'obligar; si fan igual amb els altres aspirants a camell no crec que els vaja bé el negoci.

Vas comprendre que la sensatesa de Sandra posava en evidència la feblesa de la teua hipòtesi, però no estaves disposat a renunciar-hi tan fàcilment. Li donaries tantes voltes com calguera fins que adquirira la versemblança que Sandra li negava. I si ella continuava mostrant la seua negativa, continuaries tu sol. Per descomptat, no li volies dir que les teues certeses naixien d'un somni.

N'hi ha moltes possibilitats; per exemple, que no volien matar-lo, només atemorir-lo, advertir-lo, però se'n passaren o, potser, a qui volien advertir era a una altra persona, el teu altre germà.

Albert?

Sí, Albert.

No ho entenc.

Suposem que es va quedar amb diners de la banda, que volien que els els tornara i que ell s'hi va negar...

Ja t'ho dic jo: la mort de la teua germana t'ha afectat massa...

Naturalment que m'ha afectat! La vas interrompre, molt alterat.

... Sí, però ha afectat també la teua capacitat de raciocini; mira, jo comprenc què et passa, és molt dur haver de reconéixer que una persona a qui vols molt i que, a més, et sembla la millor del món, a qui només li veus virtuts, que una persona així haja mort en un accident estúpid de cap de setmana; és molt dur, tan dur que tu t'estimes més no acceptar-ho i busques unes altres explicacions, sense que t'importe com de fantàstiques siguen...

En aquells moments va començar a ploure. La vesprada era grisa i el cel, una vegada més, havia anat cobrint-se de núvols foscos. La ràpida caiguda de la nit no us deixava veure com creixia l'amenaça que, ara, es materialitzava en una densa cortina d'aigua. Vau córrer a refugiar-vos sota una balconada.

Et diré una cosa, tot això em sembla una barbaritat que no et portarà enlloc, però crec que tampoc no serveix de res que ho diga jo, de manera que, o passe de tu o t'ajude; i he decidit ajudar-te: ho arreglaré tot per tal que puguem parlar amb el meu germà, amb Albert.

Un llampec i un tro certificaren aquella declaració. S'hi estàveu els dos d'esquena contra la paret de l'edifici, el teu braç esquerre fregant el seu braç dret, el teu peu esquerre fregant el seu peu dret. La vas sentir parlar una vegada més.

Ara me n'he d'anar, et trucaré així que ho arregle, ja tinc el·teu telèfon, perquè deu ser el mateix que el de la teua germana, no?

Se'n va anar sense esperar la teua resposta. La vas veure caminar sense pressa sota la pluja, mullant-se com si necessitara que aquella aigua li rentara qui sap quin fang.

VII
UNA VESPRADA A L'HOSPITAL

Havies pensat tornar a la lectura del diari de la teua germana aquella mateixa vesprada; però encara no havies acabat de dinar que va sonar el telèfon. Monxo, és per a tu, la tia Júlia et va oferir l'aparell.

Qui és? Sabies ja la resposta quan vas preguntar, només esperaves la seua trucada, només podia ser ella; d'acord, aleshores, a les sis i mitja ens veurem.

Et va alleugerir el fet de veure que ningú no et preguntava res, no tenies ganes de donar explicacions. En aquesta ocasió vas considerar que era una sort la feblesa fatalista que s'havia apoderat de la teua família i que semblava mantenir-la immersa en una inactivitat apàtica. Potser és d'això del que jo vull fugir, pensares, d'aquesta temptació de derrota, d'entrega, de resignació. Però tu, ara mateix, no podies fer res per ajudar els teus pares, la mateixa tia Júlia, a eixir d'aquell pou que també era una amenaça per a tu. Allò que servia per a tu no servia per a ells, ho sabies, probablement, no faria una altra cosa que augmentar inútilment el seu dolor.

Tu ets una persona de conducta sistemàtica, sempre has presumit d'això, fins i tot quan algú ho criticava, sembles un cap quadrat, ho has de tenir tot apuntat, t'havia dit més d'una vegada la teua germana. Ho duries tot apuntat, sí. Vas agafar una llibreta nova, un retolador de punta fina i vas preparar un interrogatori amb les preguntes que volies fer al germà de Sandra. No volies deixar res a l'atzar.

Vas eixir de casa amb molt de temps per davant perquè

t'estimares més caminar fins a Povisa, on havies quedat amb Sandra. Vas arribar uns minuts abans de l'hora acordada. Ella també va arribar amb una miqueta d'antelació.

Hola.

Hola, ma mare ens espera a l'entrada.

La mare era una dona molt menuda però que transmetia una força inesperada, com si el seu cos eixut guardara una energia desproporcionada per a la seua mida. En què se li notava? Als ulls, per descomptat; compartia la mirada directa i diàfana de la filla, però dotada d'una determinació que la xiqueta encara no havia assolit. També en la forma de moure's, de caminar, d'estar quieta... Tot en ella indicava decisió i seguretat. Aquesta dona sap sempre què ha de fer, vas pensar, i va ser un pensament d'admiració però també de temor. La mare et va abraçar i et va besar.

Tu deus ser Monxo, no? T'assembles molt a la teua germana, us acompanyaré a l'habitació, ara és l'hora de les visites i podreu quedar-vos dues hores, avui ell està bastant bé i jo ja li he comentat que vindríeu a parlar amb ell; a l'habitació hi ha un altre pacient, també malalt de sida, que està encara pitjor, en fase terminal; no us molestarà, però vosaltres heu de procurar no molestar-lo tampoc. Siga com siga, procureu parlar en veu baixa, recordeu que us trobeu en un hospital. Arribàreu davant l'habitació, la dona va obrir la porta, Albert, ací tens la visita, i es va girar per recordar-vos, en veu baixa, que ja us esperava.

La mare us va deixar sols amb Albert, que duia un pijama i una bata. Seia en una cadira, al costat del llit, i al seu darrere, en un altre llit, vas veure l'altre malalt, que només guaitava el cap per fora del llençol, un cap cadavèric, extremadament prim, amb els ulls tancats i la boca oberta. No va donar cap senyal d'haver advertit la vostra arribada i mentre vau estar a l'habitació et va semblar que no va fer ni un sol moviment. Era ja un mort, vas pensar, sense poder evitar-ho.

És Totxo, un col·lega legal, té estudis universitaris i tot, no és un pelat qualsevol, eh? Sap quantitat de coses, ara no és ell mateix, sabeu què vull dir?, l'han sedat, però quan la bola li funciona té quantitat d'idees i, a més, ha viscut molt. Ha estat a l'Índia, amb els budistes i tota la pesca, i a Tailàndia, on va estar empresonat. Va ser molt fort, sabeu què vull dir? Allà va ser on el Totxo va morir per primera vegada, això li ho he sentit dir a ell, sap que ha de morir, però no li importa, ell ja ha aconseguit tot allò que havia de traure d'aquesta vida, el seu esperit s'ha preparat per al viatge, sabeu què vull dir?

Albert parlava sense parar. A la seua cara, eren visibles els senyals de la malaltia, se li marcaven els ossos, tenia els ulls molt fondos i li faltaven algunes dents.

Allò més important de la vida no és el temps que vius, sinó la intensitat amb què vius, sabeu què vull dir? I no parle del plaer, de passar-ho bé i de tot això, parle d'una cosa espiritual, no importa què li passa al teu cos si tu ets capaç de controlar l'esperit, això sí que és realment important, m'enteneu? Un iogui, per exemple, que és un home que ha aconseguit dominar completament el seu cos mitjançant el control de la ment, és capaç de suportar que li claven agulles per tot el cos sense sentir res, no sofrirà gens; encara que tinguen la pitjor malaltia del món, ells, mitjançant el control mental del cos, ni la senten ni la sofreixen, sabeu què vull dir? Un segon de control mental d'un iogui d'aquests és més intens en vida espiritual que anys i anys d'un *yuppy* de merda, encara que guanye molts diners, encara que es tire moltes ties i encara que es prenga un fum de tripis, sabeu què vull dir?

Sí, sabem què vols dir; però ara ens agradaria que ens deixares fer-te algunes preguntes, d'acord?

D'acord, d'acord, dispareu.

Sandra et va fer un gest. Volia que fores tu qui portara l'interrogatori, sí, perquè es tractava, o s'hauria d'haver tractat, d'un interrogatori en regla. Vas obrir la llibreta, amb una certa timidesa, amb una miqueta de vergonya, però la vas obrir.

Eh, eh, però què vol dir això? Però tu de què vas, xiquet? Has de llegir les preguntes en un paper? No deus estar fent un treball escolar sobre els malalts de sida o alguna merdeta per l'estil, no? Perquè jo de tot això passe, eh?

No té res a veure amb l'escola; és el germà d'Àngels, l'amiga de Ferran. No t'ho ha dit la mare?

Ja, ja, però això de traure la llibreta i prendre notes, és que no em fa gens de gràcia.

Estic... Vas mirar Sandra, buscant el seu consentiment. Estem intentant saber alguna cosa; potser que tu ens pugues dir algunes coses importants; si és així, és millor que ho anote, per assegurar-nos que no perdrem les informacions.

Però de què va el xiquet? Què és tot això de les informacions i de tanta història? Si no fores tan jove, ja hauria pensat que ets de la bòfia, de què va aquest xiquet de les ulleretes, eh? Li va preguntar a la germana, m'ho vols dir?

Calla, tu escolta primer i opina després, si no vols contestar, no contestes, només volem que ens ajudes si pots, entesos?

Pensem, vas demanar una altra vegada el consentiment de Sandra, que hi ha alguna cosa estranya relacionada amb l'accident de Ferran; qui conduïa era un amic de Ferran que era pilot de ral·lis, de manera que era un bon conductor, i l'accident es va produir en una revolta molt oberta, amb una visibilitat perfecta; de fet, era quasi una recta, i no té cap lògica que tingueren l'accident en aquell lloc.

De puta mare, col·lega, tu fas treballar la tòtina, sí senyor; un pilot de ral·lis i tota la pesca, vaja. Saps qui era el teu fotut pilot de ral·lis? Ho saps? No ho saps, però jo t'ho diré: el fotut de Dani, entesos? I saps qui era el fotut de Dani? Era un merdeta de fill de pare ric, això era el teu fotut pilot de ral·lis dels collons, una merdeta de fill de pare ric, això era el Dani dels collons.

Però, què té a veure que fóra de bona família amb el fet que conduïra bé o conduïra malament? Mai no t'havia agradat la gent que deia una paraulota darrere d'una altra, de manera que aquest Albert no t'agradava gens.

Què té a veure, eh? Que què té a veure? Vols saber què té a veure? Molt, té molt a veure, perquè un fill de pare ric és un senyoret, és a dir, un element que no sap ni anar a pixar sol, que es creu que és l'amo del món perquè sempre porta pasta a la butxaca i sap que son pare li cobrirà les espatles faça el que faça, de manera que, així, qualsevol pot anar per la vida de pilot de ral·lis o d'astronauta, perquè, saps com es va fer pilot de ral·lis aquest merdeta de Dani? Vols saber-ho? Jo t'ho diré: son pare va pagar perquè el seu xiquet poguera presumir de ser pilot de ral·lis, m'entens? Que al xiquet li feia gràcia presumir de ser pilot de ral·lis i va buscar un mort de gana que tenia molts problemes perquè no tenia patrocinador per al seu cotxe i va ser el pare de Dani qui va posar la pasta, amb la condició que el seu xiquet fera de copilot i així es va poder fer una foto vestit de pilot i després no hi havia qui el parara, tot el sant dia parlant de les competicions i això que mai no va passar del vint-i-no-sé-quants; si n'arriba a guanyar alguna, no sé què hauria dit. Aquest és el teu pilot fantàstic, fill.

D'acord, ja sabem que Dani no et queia bé i ja ens has explicat que no era, precisament, un *fittipaldi;* però això no vol dir que conduïra malament, fins i tot per quedar entre els vint primers en una competició oficial, has de saber controlar el cotxe, li vas agrair a Sandra la seua intervenció, no estaves gens segur que t'ajudaria com estava ajudant-te.

Dani no controlava ni el seu cul, ja t'ho dic jo.

Vols dir que, a tu, et sembla normal que l'accident fóra el resultat d'un error seu?

Escolta, però mira que parles bé, si em sembla normal, un error i tota la pesca, molt ben dit, sí senyor, i sí, a mi em pareix que és molt probable que Dani anara cec com un calamar, i si jo ja no em fiaria d'ell en condicions normals, en aquelles condicions i no sé a quina hora de la matinada, ja no et dic res, un mal rotllo, jo sempre li ho he dit, a Ferran, però on vas tu amb aquest merdeta de fill de pare ric?, el teu amic et buscarà la ruïna, jo li ho deia, a Ferran, li ho deia; no sé què collons veia en aquell presumit, mira que li ho he dit voltes.

T'adonares que, per aquell camí, mai no podries fer-li les preguntes que havies anotat, que no podries fer el teu interrogatori i que l'entrevista seria un fracàs; però no estaves disposat a renunciar.

Bé, d'acord, a tu et sembla possible que tot es dega a un accident, però, així i tot, m'agradaria que em contestares alguna de les preguntes que duc preparades.

No, si ja ho deia jo, sembles un d'aquells de la ràdio o de la tele, on has deixat el micro? Som ací, a l'hospital de Povisa, a Vigo, amb un malalt de sida autèntic... Veiem, què opina vosté...?

D'acord, Albert, Sandra va tallar el simulacre del seu germà, vols contestar les preguntes o no?

Bé, bé, dispara, col·lega, tu pregunta que, avui, no tinc res millor a fer, ja he equilibrat el meu *karma* i tot això, de manera que res de mals rotllos, tots germans i en harmonia, vinga, vinga, no et talles.

Volem saber, com caldria formular la pregunta?, després d'haver conegut Albert, les preguntes que havies escrit ja no et servien. Tu coneixies bé els amics de Ferran? Ja veig que coneixies Dani...

Sí, i per la xiqueta, la teua germana, no crec que em preguntes, perquè tu la coneixies millor i era la que jo menys havia tractat, però l'altre, el Suso, un tros d'idiota; no, si ja us ho he dit, jo no sé quines hòsties fotia el meu germà amb aquells dos impresentables, perquè era un altre fill de pare ric i aquest pitjor que l'altre perquè era un fava, un fava total, jo crec que no estava ben acabat, li havia entrat la mania d'anar tot el sant dia amb una gravadora, gravant les coses que feia la gent; tu estaves tan tranquil fent-te'n una amb els col·legues, arribava el Suso, seia al teu costat sense dir res i posava en marxa la gravadora, m'entens?, es posava a gravar les converses pel morro, i ell no deia res, o sí, de vegades parlava, et feia preguntes i, aleshores, encara era pitjor. Estava com una cabra, la veritat, ja t'ho dic jo. Et preguntava, per exemple, jo què sé, si et feies palles, quantes voltes al dia o a la setmana, coses així, jo no sé com no li pegaren més d'una hòstia, encara que crec que sí que li'n va caure més d'una; a mi mateix no em faltaven ganes de tocar-li la cara, però com que era amic de Ferran l'he perdonat unes quantes vegades. Completament sonat, escolta, més allà que ací, estava, i crec que últimament se n'havia passat al vídeo, saps què vull dir?, igual com amb la gravadora, però amb vídeo, imatges i so, la tecnologia, col·lega, això té de bo ser fill de bona casa, sempre pots estar actualitzat, pots anar sempre a l'última, saps què vull dir?

I com es van conéixer i es feren amics, Ferran i aquells dos, si eren tan diferents?

Això ho sé jo, va intervindre Sandra, mon pare és de Panxon i, encara ara, passem allà l'estiu, a casa dels meus avis, que ja han mort fa temps, però els fills, mon pare i els seus germans, conserven la casa; allà és on Ferran va conéixer Dani i Suso, perquè ells també hi passen els estius, i eren amics dels estius des de ben menuts, jo crec que des dels vuit o nou anys.

Però Ferran era més jove que ells.

Només uns mesos.

Jo estava fart de dir-li-ho: on vas amb aquests merdetes de fills de casa bona? Però Ferran sempre havia tingut, com t'ho diré?, aires de grandesa, era la nineta dels ulls de la mare i això marca. Has sentit parlar de la psicoanàlisi? No, tu què has d'haver sentit, molta llibreta i molts apunts i de segur que només saps les coses que t'han ensenyat a l'escola, tu fas cara de ser molt obedient; res de buscar pel teu compte, no fóra cas que se t'apareguera el dimoni; de segur que ets cristianíssim, com la teua germana. La psicoanàlisi, fill meu, diu que tots volem gitar-nos amb la nostra mare i matar el nostre pare; d'una manera simbòlica, vull dir, m'entens? Però, naturalment, el fill que se sap escollit per la mare, com t'ho diria?, té més autoestima perquè és com si haguera fet realitat el seu desig, saps què vull dir-te? M'entens? L'autoestima, això que fa que ens sentim bé amb nosaltres mateixos, et converteix en superman; notes que ho pots aconseguir tot i si ets fill d'uns pobres, renegues de la teua classe perquè tu només pots aspirar al nivell més alt, a la classe superior, als rics, al poder. Això li passava a Ferran i per això sempre ha tingut una certa tendència a fer amics entre els fills dels rics, més que no entre els de famílies humils.

No te'n passes, Albert, Ferran no era com dius, ets molt injust amb ell, la protesta de Sandra va ser ferma i suau alhora, es notava que tampoc no volia fer mal al seu germà malalt.

Tu què saps! I, a més, tu també et senties més inclinada cap a Ferran, sempre va ser el bon xiquet, l'estimat, i, a mi, em tocà fer el paper d'ovella negra...

No te'n passes...

Jo tinc entés, ben al contrari, que Ferran era comunista o alguna cosa per l'estil, que tenia idees d'esquerres. Fins i tot les seues cançons tenien un cert contingut polític, vas pensar que et convenia eixir d'aquella baralla familiar; això no encaixa gens bé amb la imatge d'un jove que renega de la seua classe.

Ferran comunista! Saps qui li va donar a conéixer les idees d'esquerres? Vols saber-ho? Vaig ser jo, l'ovella negra; jo sempre m'he considerat d'esquerres, comunista i compromés amb la lluita per l'alliberament nacional. Tu entens què vol dir això? La lluita per l'alliberament nacional, la independència de Galícia i tot això? Tu què has d'entendre! Tot això són idees del dimoni, fill meu, idees de les ovelles negres de les famílies. Jo, a disset anys, ja anava a treballar i no vaig poder fer el batxillerat; vaig repetir primer i ja no vaig tindre cap altra oportunitat que el treball. Normal, eh?, que jo no em queixe, i no és que jo portara els estudis malament; simplement, que no m'agradava això de passar sis hores cada dia aguantant els rotllos dels profes. No n'hi havia ni un, però ni un, eh?, ni un que em diguera res que valguera la pena. En dos anys que vaig passar a l'institut, no hi vaig aprendre res, res que em servira per a anar per la vida. Totes les coses que sé, les he apreses pel meu compte, perquè a mi sempre m'ha agradat llegir, saps? Però les coses que m'agraden, no les que m'obliguen a llegir quatre sonats que fan classes perquè no saben fer cap altra cosa. De manera que no em queixe; em vaig enrolar en el *Gran Sol* i després vaig passar a un congelador, de manera que sé què es treballar amb cor i fetge i quan parle de l'explotació i tot això... Tu saps què vol dir explotació? Ho entens? Són els diners que es queden els capitalistes gràcies al teu treball, un treball que no et paguen i que és la plusvàlua dels capitalistes; això està escrit a *El Capital* de Marx, almenys deus saber qui era Marx...

No, no eren aquestes confessions les que buscaves; havies d'aconseguir que la conversa canviara de rumb.

Bé, hi ha algunes coses sobre Ferran i els seus amics que ens interessaria saber... Tornares a buscar la mirada còmplice de Sandra, havies d'entrar en un terreny delicat i no volies que les coses acabaren malament... Voldríem saber si tu sabies alguna cosa d'ells, si algun d'ells tenia... problemes amb les drogues.

En aquesta ocasió, la verborrea aparentment inesgotable d'Albert es va esgotar. Va ser un silenci realment inesperat. Albert et va mirar, va mirar la seua germana. Va seguir callat durant uns minuts i ni tu ni Sandra gosàreu trencar el seu silenci.

No teniu un cigarret? No, és veritat; sou massa joves i encara no us deixen fumar, però de segur que heu fumat en secret, almenys tu, va assenylar la seua germana, que tu fas cara de no fer res que no et permeten fer els teus pares.

Jo no fume; i no és que no em deixen, és que no m'agrada fumar, intentares deixar les coses clares.

Sí, per descomptat, de tu no mana ningú, però jo, ja ho pots veure, ni ma mare ni les infermeres em deixen fer un maleït cigarret, ja veus com són les coses, qui m'ho havia d'haver dit, als meus vint-i-tres anys.

Una vegada més hi va imperar un silenci molest. Albert, les paraules del qual semblaven eixir de la seua boca abans que les idees passaren pel seu cervell, no trobava ara les paraules necessàries. Es va remoure a la seua cadira, va allargar la mà fins a tocar una tauleta que hi havia al capçal del llit i va tocar amb els seus dits un dels llibres que hi havia damunt la tauleta. *Vida de Buda*, llegires.

De manera que voleu saber si Ferran i els altres es drogaven...

Si es drogaven ells, vas precisar, o si tenien alguna relació amb els cercles pròxims a la droga, amics o això.

Tu saps què són les drogues, fill?

La pregunta et va sorprendre, però ell no va esperar la teua resposta.

Una droga és qualsevol substància, natural o creada per l'home, que crea addicció, un caramel pot ser una droga, el xocolate és una droga, i vull dir el xocolate que et dóna ta mare per a berenar, no l'altre; el café és una droga, la vida mateixa és una puta droga, quasi ningú vol morir, tots som addictes a la vida.

Oblides una cosa, va dir Sandra, les drogues, a més, també causen problemes físics, les drogues poden matar.

La carn de porc pot matar, més d'un i més de dos mil en deuen haver caigut per haver-se empassat les seues bones tallades de pernil.

Bé, però a nosaltres, ara, no ens interessa saber què és

exactament una droga des del punt de vista científic o des del que tu vulgues, realment, no hi havia manera d'aconseguir que aquell home s'interessara per allò que tu volies saber, estem parlant d'una cosa que la gent coneix amb el nom vulgar de droga i tu ja saps què volem dir.

Sí, la droga des del punt de vista del poder, les coses només són allò que el poder vol que siguen, saps què vull dir? L'armador del congelador on vaig treballar ens va deixar quatre mesos tirats a Sud-àfrica perquè no el compensava pagar-nos la fiança, i això que ens van detenir per culpa seua, perquè ell sabia perfectament quines xarxes podíem portar i quines no i quina quantitat de peix podíem arribar a pescar; però tot això, a ell, li importava un rave, perquè si el negoci li eixia bé, guanyava una pasta i si eixia malament, una captura perduda es podia compensar en una altra ocasió i, mentrestant, els mariners podrint-nos en un port de mala mort, lluny de casa, que, encara ara, no sé si vaig agafar la sida per l'agulla de picar-me o per alguna de les putes amb què em vaig gitar allà, que alguna cosa havia de fer per a matar el temps. Ara, aquell armador és un empresari honrat i jo sóc un drogoaddicte de merda perquè el poder ha decidit que els empresaris produeixen riquesa i els desgraciats, per a poder sobreviure, per a evitar aquesta vida que és una mort, per a contrarestar el poder dels empresaris que fan que aquesta vida siga la merda de vida que és, els desgraciats com jo que, sense fer mal a ningú, ens tirem al cos qualsevol cosa, sempre que ens ajude a oblidar que aquesta vida ja fa pudor, nosaltres som els desgraciats drogoaddictes, els residus de la societat, saps què vull dir? Els pitjors dels més roïns, o era a l'inrevés?, els més roïns dels pitjors... Això li ho he sentit dir a Ferran, queda bé, eh? La droga és qualsevol substància abellidora que el poder prohibeix consumir, aquesta és la definició de droga, xiquet.

Sí, d'acord, però encara no ens has contat res a propòsit de la nostra pregunta, havies d'aconseguir que aquell home se centrara, tenien o no tenien ells alguna relació amb les drogues?

Relació amb les drogues, relació amb les drogues; però tu de què vas, fill? Què busques, eh? A què juga el teu amiguet?, es va girar, de sobte, de cara a la seua germana, tu també participes en el seu joc?

Mira, Albert, intentaré que ho entengues, hi va haver un accident, els nostres germans hi van morir, el nostre i la seua germana, Sandra t'assenyalava, hi ha un informe oficial que assegura que va ser un accident, que el conductor anava borratxo i que entrà en la revolta, que quasi no és ni revolta, a massa velocitat, que probablement tornaven tots ben carregats després d'una nit de marxa. Bé, això diu la nota oficial i, ara, nosaltres podem dir: molt bé, acceptat, els nostres germans van morir en un accident estúpid de borratxos de cap de setmana, és dur però ho hem d'acceptar, la vida continua; o bé podem dir: no, jo no m'ho crec, els nostres germans no eren uns irresponsables, hi degué haver alguna altra cosa i volem descobrir-la. Monxo i jo pensem d'aquesta forma i volem saber si va passar alguna altra cosa que justifique un accident com aquell.

Vas escoltar, agraït, com parlava Sandra, sabies que ella no estava convençuda, ni de bon tros, de la teua hipòtesi, però parlava com si la idea fóra dels dos i tu sabies com d'important era això per a aconseguir la col·laboració d'Albert. Albert, que es va quedar amb la boca teatralment oberta uns segons després que la seua germana acabara de parlar.

Escolta, és que em deixes atordit, quant de temps aneu junts?, mira que t'encomanarà les seues quimeres, que això és contagiós i no té cura, jo aniria alerta, de manera que no creus que fóra un accident de borratxos, com ho has dit?, que ells no eren uns irresponsables, no dona, tira, Ferran, un irresponsable? A qui se li pot acudir això? Ell va ser sempre un model de responsabilitat, sí senyor, sempre va traure bones notes, sense matar-se, eh; les notes justes perquè tots estigueren contents i quan es va voler comprar una guitarra i, després, anar al conservatori, ell mateix va aconseguir els diners, carregant peix al Berbés, encara que ningú no recorda qui l'ajudà a aconseguir el treball, no això no, qui recorda un irresponsable?

No tornes a començar, Albert, per favor.

D'acord, d'acord... Tu hauries de saber com el volia jo, a Ferran, més que tots junts, perquè tots els de casa el teníeu idealitzat i jo era l'únic que el volia com era en realitat, amb tots els seus defectes, i era l'únic que s'atrevia a cantar-li les veritats, a dur-li la contrària quan calia, era el meu germà i, potser, era també el meu germà preferit... Inesperadament, aquells ulls enfonsats en aquell rostre ossi i ple d'arrugues es van omplir de llàgrimes. Merda! No podia haver mort jo, que ja estic mig mort, i no ell. Merda! Ell que encara havia de fer tantes coses.

Sandra es va abraçar ben fort al seu germà i van estar abraçats durant uns segons que, a tu, et semblaren minuts, uns minuts interminables, perquè et va fer la sensació que hi sobraves, però no et vas atrevir a eixir de l'habitació, sinó que et vas quedar quiet i en silenci. Lentament, Sandra va anar separant-se del germà i va deixar que els seus cabells, que duia solts, li cobriren la cara, perquè no volia que li veres els ulls plens de llàgrimes.

Bé, xiquets, no sé què dimonis voleu descobrir, però jo no crec que puga servir-vos d'ajuda; a mi, tot això de ser responsable o irresponsable, no vull enganyar-vos, me la porta fluixa; a mi que no em vinguen amb gent responsable, encara que siga el meu germà, sabeu què vull dir? Passe de tota aquesta merda de la gent responsable, jo sempre he pensat així i no canviaré ara, només perquè ja estic més mort que viu, encara que, a mi, sí que em causa respecte la mort, jo no sóc com aquell, amb un gest del cap va assenyalar el seu company d'habitació, de manera que només us puc dir que no em sembla gens estrany que quatre xics joves es peguen una trompada una nit de marxa, sinó que em pareix una cosa ben normal; i, per a mi, això no és de ser responsables ni irresponsables, ni la mare que ho va parir, perquè si una cosa ha de passar, passa, i als uns els toca una nit de marxa i als altres els toca un dia que els cau una teula i els obri el cap, jo no em menge el coco amb aquestes coses, entesos?, però vosaltres preferiu pegar-li voltes i us ha pegat per pensar que té alguna relació amb les drogues i jo no pense preguntar-vos quina collonada de relacions trobeu entre una cosa i l'altra, m'estime més no saber-ho; i us donaré un consell, encara que no m'agrada donar-ne, tu em coneixes bé i saps que és veritat, va dir, mirant la seua germana, que hi va assentir amb un gest, és millor que no entreu en aquest merder, i no vull dir només que no us heu de tirar qualsevol cosa al cos, que això ja cau pel seu pes, ara sé que no val la pena, tot això que uns minuts de cavall valen per tota una vida, tot això, ara, des d'ací, ara que el meu cos ja és només una ferida oberta i que donaria qualsevol cosa per... No ho va voler dir, va tancar els ulls i vas notar com reprimia les últimes paraules de la frase. Tot això només són unes putes boles, però ara no parle d'això; la pitjor part de les drogues és el món que les envolta, tot aquell món de gent que només vol enganyar-te i com més clavat hi estàs, més en depens, més t'enganyen i encara els necessites més; per això no hi ha cap forma d'escapar, us dic que no entreu en aquest món, xiquets, deixeu-ho estar, busqueu per un altre costat o, millor encara, oblideu-ho tot ara mateix; com tu deies, la vida continua; aneu a la disco, passeu-ho bé, ni Ferran ni la xiqueta no us ho retrauran, això és segur.

Sempre deia la xiqueta en referir-se a la teua germana i tu no sabies si això et semblava bé o malament, potser et senties una miqueta incòmode amb aquesta paraula. Però per què no volia respondre la teua pregunta? Et va fer la impressió que aquell silenci era, precisament, una prova que no anaves desencaminat. Com podies arrancar-li alguna informació?

Només volem que ens digues si tenies alguna notícia sobre unes possibles relacions dels amics de Ferran, o d'ell mateix, amb aquest món, res més, i pots estar segur que no tenim ganes d'entrar en relacions amb la gent que has dit.

El perill més gran d'entrar en aquest món és que, quan te n'adones, ja no ets tu qui tria, no sé si sabeu què vull dir, com més lluny d'ells, millor. Però bé, voleu una resposta i la resposta és que no ho sé, que no tinc ni la menor idea de si tenien o no relacions amb el món de la droga, és a dir, supose que sí que fumaven porros, he vist més d'una vegada Dani fumant-ne i enrotllant-ne algun, però supose que no volíeu saber això.

Sí, sí, potser havies trobat el fil que calia descabdellar, vas sentir la necessitat d'aferrar-te a aquell indici, encara que fóra molt feble, perquè tu sabies que Daniel fumava porros, sí, sí, això també, volem saber si eren consumidors, encara que fóra de drogues blanes, saber qui eren els seus proveïdors habituals, tot això.

Tranquil, eh?, fill, tranquil, jo no sóc un delator, saps?, i, a més, si vols saber on pots trobar xocolate ho tens molt fàcil, en qualsevol cantó d'un barri amb marxa, a partir de les dotze de la nit, en trobaràs sense haver de preguntar res. I Dani ho tenia exactament igual de fàcil; vull dir, amb això, que no crec que foren uns drogoaddictes com jo, m'entens?, en absolut; ells anaven de nets, un canutet de tant en tant no fa cap mal i no fa necessari que hages d'entrar en aquest món. Tampoc no és una cosa cara i, menys encara, per a un fill de pare ric, que no, us dic que no, per aquest camí no trobareu res.

Tancat, s'havia tancat una altra vegada. Veies perfectament que no hi havia manera d'arrancar-li res de nou a aquell home. Vas repassar les preguntes que havies preparat. Ja no podies perdre res si li amollaves directament la més difícil de totes, la que havies reservat per al final.

No creus que podria haver-hi alguna possibilitat que

algú provocara l'accident per a fer mal a una tercera persona, vull dir, per a avisar algú, un amic o un familiar de qualsevol dels que anaven en el cotxe?

Collons tu, aquesta sí que és una pregunta de les bones, de quina pel·lícula l'has treta?, de la sèrie *Colombo?* O d'aquell advocat gros, el Perry Mason? Que no, xiquet, que no; que per aquest camí no hi ha res a fer; es mataren i en pau, és dur, fotut, molt dur i molt fotut, tant com vulgues, però com més prompte ho acceptes, millor, fes-me cas... Bé, ja estic donant consells una altra vegada, saps?, fill, crec que tens tu la culpa, em provoques, mirant-me amb els teus quatre ulls, tan netet, tan ben pentinadet, i no em puc resistir: aquest xiquet necessita uns quants consells, no siga cosa que es desvie pel mal camí, saps què vull dir-te? Jo et comprenc, de veritat, et comprenc, quan estem malament, hem d'entretenir-nos amb alguna cosa, això no té res de mal, però hem d'encertar el tema perquè, de vegades, ja ho saps, hi ha remeis que són pitjors que les malalties. Saps què estic pensant? Per què no investigueu entre les coses de Suso? Les seues gravacions, vull dir; de segur que, a casa, deu tenir dotzenes de cintes, no crec que hi trobeu res que us interesse, però pot ser que hi trobeu alguna cosa útil; sí, em sembla que la vostra millor actitud hauria de ser no buscar res de concret, necessiteu tenir el cap ocupat per a fer més acceptable la mort, però la mort no hem d'acceptar-la, ni entendre-la, ni res de tot això que diu la gent, els qui encara no hem mort només hem de viure la mort; viure-la, simplement; són els morts els qui no s'han de preocupar per la mort per res del món, qui va dir això? Va mirar el llibre que tenia damunt la tauleta de nit, probablement ho he tret dels pensaments de Buda, o no, em sembla que ho va dir un filòsof grec. Sí, jo no tinc por de morir perquè, mentre jo visca, no hi ha mort i, en morir, ja no hi seré jo... Llàstima que, de vegades, la teua vida és només una mort lenta; com es nota que, en temps dels grecs, no hi havia hospitals: quan algú es posava malalt, al clot i a una altra cosa... Però si jo tenia avui un dia molt positiu, tenia el meu *karma* controlat i ha fallat alguna cosa, m'he equivocat...

Encara va seguir parlant durant una llarga estona. Tu ja havies comprés que no li podries traure res més. L'atmosfera de l'hospital, aquella olor asèptica que era tan neutra que t'ofegava, començava a fer-se cada vegada més insuportable. Volies, necessitaves eixir ja d'aquella habitació. Però encara vas haver d'esperar una miqueta, vas haver d'escoltar teories caòtiques sobre l'equilibri espiritual i el nirvana, la relaxació i la insensibilitat física, la fusió amb el tot i el tercer ull. Finalment, Sandra va tallar el discurs interminable del seu germà.

Albert, ens n'hem d'anar, ja tornaré un altre dia, tornarem els dos. Vols que et portem alguna cosa?

Et vas aixecar i ni tan sols sentires les paraules d'Albert. Tu li vas dir adéu ràpidament, vas eixir de pressa de l'habitació, del passadís, del mateix hospital.

Què et passa? Has eixit de l'hospital com un esperitat, et va dir Sandra, quan ja éreu al carrer.

No suporte els hospitals, em posen malalt. Em fa gràcia, si algun dia em pose malalt no sé què faré, perquè si em porten a l'hospital, de segur que em posaré pitjor encara.

Els hospitals et posen malalt perquè estàs bé. I, ara, què penses fer?

No ho sé.

No ho sabies, certament no ho sabies. No tenies gens de ganes de tornar a casa i trobar una vegada més la mateixa mort innominable ocupant-la tota.

Potser això que ha dit Albert no és una mala idea, va suggerir Sandra.

Què?

Tractar d'aconseguir els vídeos de Suso, analitzar-los; podria ser que hi trobàrem alguna cosa, crec.

VIII
LA MARE DE SUSO

Plou a semalades, plou a mars, plou a bots i barrals, plou i plou i plou. Tu mires com cau la pluja des de darrere dels vidres, on has llegit això? Sí, és aquell poema d'Antonio Machado que un dia vas aprendre de memòria quan estudiaves l'EGB amb aquell mestre que sempre repetia la mateixa cançoneta, ja no s'aprenen poemes de memòria i els poemes són per a saber-los de memòria i recitar-los en veu alta, no per a llegir-los, el ritme de les paraules ha de brollar de l'interior per a eixir a fora, ha de tornar de fora a dins, del teu cos, de la teua boca, però no només de la boca, cal recitar amb tot el cos, de la boca a l'aire, de l'aire a l'orella i de l'orella a l'interior, fins arribar al cor.

És curiós que recordes ara el teu mestre de Literatura Espanyola de l'EGB i el poema de Machado. El poema parlava d'uns xiquets que recitaven una lliçó en una aula escolar, la pluja ha portat el poema, el poema ha evocat l'escola, l'escola ha dut el mestre i el mestre ha evocat els dies d'escola, d'escolar que aprenia poemes de memòria. La memòria, quina manera més estranya de treballar té la memòria. Tu mires ploure des de l'habitació de la teua germana i recordes els dies de l'escola que et semblen tan remots i, encara, tan pròxims. Dies feliços? La pluja i la memòria de la pluja, parlen de dies lents i tristos, però no necessàriament infeliços.

Mires, concentrat, com cau la pluja. És un exercici de relaxació. T'ajuda a rentar la ment, no vols pensar en res, ni tan sols en els teus temps escolars, ni en poemes, ni en mestres, sobretot, no vols pensar en la teua germana, no vols pensar en la teua germana morta. Morta. Plores. Plores mentre mires ploure. I sents un gran descans. Deixes que les llàgrimes brollen en abundància i és com si la pluja t'acompanyara.

Quant de temps vas passar així? Uns quants minuts, una hora? Vas sentir que sonava el telèfon. La veu de la tia Júlia, Monxo, pregunten per tu. Era Sandra. Tinc l'adreça de la mare de Suso, que vivia amb sa mare; era fill únic i sa mare és divorciada, vols que li truquem abans? No, què li hem de dir? Aquestes coses s'han de dir en persona o no hi ha manera de dir-les; jo, almenys, no sabria. D'acord, quan quedem? Ara mateix, si tu pots, per què hem d'esperar? D'acord, ens veurem davant d'Alcampo d'ací a deu minuts, ella hi viu a prop, però porta paraigua que plou molt. Sí, ja ho veig. Fins ara. Fins ara.

Sandra t'esperava protegida per un impermeable verd enorme, semblava un d'aquells impermeables que porten els pescadors, fins i tot duia la caputxa posada i a penes se li veia la cara. I, a més, duia unes botes altes de goma, també verdes. Però no duia paraigua.

Em dius que porte paraigua i tu véns a cos.

Si tu creus que açò és anar a cos; aquest equip l'utilitzava el meu germà quan treballava al *Gran Sol* i no hi ha pluja que el traspasse.

I tu a penes et veus. Vas fer broma.

No hi ha gran cosa a veure, et va sorprendre la rapidesa amb què, després d'haver dit això, va canviar de tema: la mare de Suso viu per ací a prop, a Tomás Alonso.

Per què aquesta brusquedat? Vas notar que era la primera vegada que feies algun comentari sobre ella, sobre el seu aspecte físic. Més endavant tindries unes altres oportunitats de comprovar la resistència de Sandra a aquella classe d'observacions.

Baixàreu per un carreró estret en direcció a Bouzas. La

drecera us va portar directament al carrer de Tomás Alonso, no gaire lluny del número on vivia Suso. Era allà. No era un edifici normal, de pisos, ni tampoc una de les modestes cases de rajoles o, més rarament, de pedra, que encara es conservaven per aquella zona. Era una casa molt gran, de tres plantes, a mitjan camí entre la solidesa noble d'un vell palau de pedra i la lleugeresa funcional d'un xalet modern, amb un gran jardí on hi havia diverses classes d'arbres, els noms dels quals et feia ràbia desconéixer, aquell podria ser un magnolier o una camèlia, mai no els havies sabut distingir, aquell altre, una noguera? Hi havia pomeres, sí, de segur que eren pomeres i aquells podien ser presseguers, quina ràbia, no saber distingir encara bé les diverses classes d'arbres.

Sandra va prémer el timbre situat a la porta exterior, una porta de ferro que es va obrir automàticament, convidant-vos a passar. Amb una suau espenta, la porta es va obrir del tot, però dubtàreu uns segons, abans de traspassar-la.

Entreu i tanqueu la porta! La veu d'una dona va eixir del porter automàtic.

Obeíreu. Caminàreu per una senda empedrada, flanquejada per una bardissa molt ben cuidada que delimitava l'espai on creixien els arbres i on, segurament, durant la primavera, hi devien créixer moltes flors. La senda duia directament a la casa, precedida per una escala de pedra. Encara no havíeu pujat tots els graons, que la porta de la casa es va obrir i hi va aparéixer una dona que et va semblar molt elegant i encara jove.

Vinga, xiquets, passeu de pressa que avui no fa dia d'anar pel carrer. Deixa el paraigua ací mateix, va dir així que entràreu els dos, assenyalant el paraigüer, porta l'impermeable i tu deixa'm també l'anorac, eixugueu-vos les sabates en l'estora, no deveu tindre els peus mullats?

Una dona acostumada a donar ordres, a manar, pensares. Va desaparéixer un instant per una porta lateral i, mentre passaves les soles de la botes per l'estora, com t'havia demanat, vas poder veure el vestíbul, grandíssim. A les parets hi havia quadres de pintura moderna, un retrat i un d'abstracte, no ho podries explicar millor, l'art no és el teu punt fort. Diversos recipients amb plantes, una taula de bona fusta, o això et va semblar, i nombroses cadires, acuradament disposades contra les parets. El paviment de l'àmplia sala formava un delicat dibuix geomètric. Al fons, una escala de fusta pujava al primer pis.

Em pareix que ja sé qui sou però, siga com siga, caldrà fer les presentacions, la dona va tornar al rebedor després d'haver deixat en algun lloc la vostra roba d'abric, encara que, es va desdir de seguida, abans hauríem de passar a un lloc més confortable.

Sap qui som? Vas pensar, com pot saber qui som? Però, efectivament, des que havíeu arribat davant la porta de ferro del jardí, et va fer la impressió que les coses passaven com si ella us esperara.

Poseu-vos còmodes i on més us agrade; ella va seure en una butaca de cuir i vosaltres en un sofà.

L'habitació tenia una finestra molt gran que donava a una galeria, a les parets hi havia més quadres, entre les butaques i el sofà hi havia una taula i, a sobre, uns quants llibres i algunes revistes. I, arreu, gerros i altres recipients amb plantes.

Voleu prendre alguna cosa? Un refresc? Un te amb unes pastes?

No, no, moltes gràcies, no es moleste, va dir Sandra.

No, gràcies... Com sap qui som? Et vas atrevir a preguntar.

Això no importa ara, fem les coses ben fetes: presenteuvos, per favor, i conteu-me a què dec la vostra visita.

Jo sóc Ramon, Ramon Salgueira i ella és Sandra...

Sandra López Devesa.

El meu nom ja el sabeu, no? No? I com és això que

visiteu una persona de qui ni tan sols sabeu el nom? Perquè en aquesta casa tan gran només hi visc jo, de manera que, o us heu equivocat o veniu a veure'm a mi.

Sí, sí, venim a veure-la, vas parlar tu, però és veritat que no sabem el seu nom, només sabem que... és la mare de Suso.

Jo tenia un fill que es deia així.

Et va desconcertar aquella manera de dir-ho, la dona et mirava amb una aparent tranquil·litat, vas veure com allargava la mà i agafava, de sota d'unes revistes, un paquet de cigarrets i un encenedor, en va traure un, va deixar el paquet sobre la taula, i va encendre el cigarret.

Bé, va deixar anar el fum mentre et mirava.

Suso era amic dels nostres germans, la meua germana Àngels i Ferran, el germà de Sandra.

Jo ho sé, ja us he dit que us coneixia.

Si és així, és més fàcil que comprenga què volem demanar-li. Sabem que Suso era molt aficionat a fer gravacions en vídeo i nosaltres... voldríem demanar-li permís per a veure les seues gravacions.

La dona continuava mirant-te, començaves a sentir-te molt incòmode, observat per aquells ulls, què significava aquella mirada?

Puc preguntar per a què voleu veure els vídeos?

No és fàcil d'explicar, vas mirar Sandra, que, en aquesta ocasió, et deixava dur la veu cantant; estem, no sé com dir-ho, voldríem saber...

Serà millor que comencem pel principi.

I vas començar pel principi. Primer no trobaves les paraules, després, notares cada vegada més confiança, tu mateix et sorprenies del teu atreviment que et permetia contar a aquella dona, que no coneixies gens, els teus dubtes, les teues sospites que, d'alguna manera, podien afectar el seu fill mort. Finalment, aconseguires explicar el teu —el vostre, havies de passar sovint del singular al plural per tal d'involucrar Sandra, que romania en silenci— interés per les gravacions de Suso.

És probable que no hi haja res, que les cintes no ens aporten cap informació nova o que no tinguen res a veure amb les coses que busquem, però volem intentar-ho.

La senyora va continuar callada durant uns segons i tu vas comprendre per què, en ocasions semblants, diem que són segons que semblen hores. La teua incomoditat va augmentar i la confiança que havies demostrat en parlar, va desaparéixer. Es devia haver molestat? Li devia haver fet mal el fet de veure's obligada a pensar en una cosa que, probablement, volia oblidar, com pensaves que els en faria als teus pares si els explicares tota la teua aventura?

Vosaltres també coneixíeu el meu fill Suso?

Jo no...

Jo sí, es va avançar Sandra, abans que parlares tu per ella.

Què pensaves del meu fill? Què et semblava? Com era?

Va ser una pregunta que no esperàveu. Sandra no sabia què dir.

T'agradava? Et semblava simpàtic?

Veurà, senyora, Sandra va poder parlar, per fi, jo el coneixia, però no gaire; era molt amic del meu germà, ells i Dani eren amics des de menuts, vosté ja ho sap, però jo no eixia amb ells perquè eren més grans que jo, per això crec que mai no hem parlat els dos sols, alguna vegada, per a preguntar-li alguna cosa o per a donar-li un encàrrec del meu germà, coses així.

Però, siga com siga, tu devies tindre formada una opinió sobre ell, no? Alguna cosa devies opinar dels amics del teu germà.

En realitat, senyora, jo...

No em digues senyora, dis-me Beti, com em diuen les meues amigues.

En realitat, senyora Beti, és difícil dir alguna cosa, jo a penes el coneixia, vull dir allò que se'n diu conéixer...

Bé, ja veig que no t'agradava perquè, sinó, m'ho hauries

dit de seguida. Saps? Jo crec que no coneixia el meu fill, i ja no el podré conéixer mai...

Vas notar un calfred: això mateix pensaves tu de la teua germana.

No teníem bones relacions i mai no he comprés per què, supose que, a mi, em molestava que s'assemblara tant al seu pare, supose que això ens passa a moltes dones divorciades, ens hem de fer càrrec dels fills, fins i tot, de vegades, pledegem amb el pare per aconseguir-ho i, després, ells ens recorden, dia a dia, la imatge de la persona que més odiem perquè només es pot odiar molt a qui s'ha estimat molt alguna vegada.

Sandra i tu assistíreu, muts i quasi avergonyits, a aquell inesperat esclat de sinceritat. La dona no parlava per a vosaltres, parlava amb la mirada perduda més enllà de les finestres, a poc a poc, com si haguera esperat durant molt de temps aquella ocasió per a parlar, fent pauses per a aspirar i, després, tirar, el fum del cigarret. I vosaltres notàreu que hi sobràveu, que la vostra presència no sols no era necessària sinó que, tal vegada, era inoportuna.

No sé ben bé com era el meu fill, i això em molestava, i em molestava encara més perquè jo sabia que no era culpa seua, jo sóc una persona que viatja molt, tinc una galeria d'art i això m'obliga a fer molts viatges, a visitar exposicions, a visitar els tallers dels artistes, dinars de treball, no m'estava gaire a casa, de manera que Suso passava molt de temps amb Amèlia, la fadrina, que és com si fóra de la família perquè ja va tenir cura de mi quan jo era una xiqueta, abans d'encarregar-se de Suso; però ell necessitava una mare, em necessitava a mi, ho sé molt bé...

La senyora Beti es va aixecar, va fer unes passes en direcció a la finestra i va continuar parlant des d'allà; ni tan sols es va girar a mirar-vos mentre parlava i, de vegades, no estaves segur d'entendre què deia.

Però tot no va ser culpa meua, Suso era un jove difícil,

sempre ho ha estat, fins i tot abans de divorciar-nos el seu pare i jo; és dur de reconéixer, però no m'agradava, era el meu fill, l'havia de voler, però la veritat és que era un xiquet que no m'agradava...

Després d'un nou silenci, més llarg que els anteriors, es va girar i caminà cap al centre de la sala, sense dirigir-vos encara la mirada.

Com pot ser que una mare no vulga el seu fill? Com pot dir que el seu fill no li agradava?

Ara sí que et va mirar.

Deus pensar que no tinc entranyes, com pot parlar així, una mare, d'un fill que ha mort fa molt poc? Ah, l'amor d'una mare, jo no tenia mare, sabeu? Ma mare va morir en nàixer jo i vaig ser criada per Amèlia i per un pare que sempre havia volgut tindre un fill i no una filla i que no tenia problemes per a fer-m'ho veure, de manera que jo mai no vaig saber què era l'amor, ni d'una mare, ni d'un pare. Vaig aprendre a ser forta i a dissimular els meus sentiments, com ho aprenen els homes, per això puc dir que la culpa no és meua, si no vaig saber estimar el meu fill com estimen les mares.

Va seure, sense deixar de fumar. Continuava clavant-te els ulls i, ara, eres tu qui no sabia on dirigir la mirada.

No, no em sent culpable, i tampoc no pense que el meu fill fóra tan... Et vas atrevir a mirar-la, aprofitant aquells instants de dubte, i trobares els seus ulls fixos en tu... Tan estrany, sí; ara mirava Sandra, sé que el consideràveu un xic estrany, i ho era, però no crec que fóra per culpa meua, no sé, de vegades pense que és molt ingenu considerar que els pares som responsables de la manera de ser dels fills...

Un nou i prolongat silenci. Sandra i tu no gosàveu interrompre aquella confessió inesperada. Tu ja començaves a dubtar que la idea de visitar aquella dona fóra encertada.

Vaig tardar molts dies a entrar a les seues habitacions, a més del dormitori, en tenia una altra per a, com ho diria, les seues aficions: el vídeo, la música, tot això... Tenia un bon equip de música i un altre, com es diu? Un altre per a editar vídeos, connectat a un ordinador; ell no era de motos, de cotxes i de tot això, i la veritat és que era molt bon estudiant, de manera que no li podia negar els diners per a les seues coses, unes aficions cares, per descomptat; però, ja ho veieu, jo em puc permetre aquestes despeses... Us deia que vaig tardar molts dies a entrar en les seues habitacions i que les coses que hi vaig trobar, encara no sé si m'agraden o no; només sé que no coneixia el meu fill.

Silenci. Ni Sandra ni tu fóreu capaços de dir res. Tu vas pensar que aquell era el moment d'escapar d'aquella situació d'incomoditat i d'arribar al punt que us interessava: els vídeos de Suso. Però no et va caldre dir res.

Em sembla que no us servirà de res, entre les coses que jo he vist no hi havia res relacionat amb això que busqueu, amb tot això de la droga. Suso era un xiquet estrany i ja us he dit que jo no el coneixia bé; però, francament, crec que puc dir que no es drogava. Això no vol dir que no mireu les seues coses: podeu mirar-ho tot i durant tot el temps que vulgueu; jo, per descomptat, no ho he vist tot, perquè hi ha moltes altres coses, a més dels vídeos, hi ha també quaderns de notes, gravacions magnetofòniques, de tot... Ara pense que no vaig fer prou de cas de les seues inquietuds artístiques, perquè estic convençuda que Suso treballava en algun projecte estètic, no sé com dir-ho...

La mare de Suso va apagar el cigarret en un cendrer i es va aixecar. Va ser aleshores que t'adonares que la seua conversa, o, potser fóra millor dir-ne monòleg, havia durat, a penes, el temps de fumar-se un cigarret. Aquells minuts, t'havien semblat hores.

Us acompanyaré a la seua habitació. Seguiu-me.

Vosaltres, en silenci, la seguíreu.

IX
NOTES I CINTES DE VÍDEO

Baixàreu al soterrani. Clavat en una porta metàl·lica hi havia un cartell que, probablement, havia estat robat d'algun edifici en construcció. Hi deia:

«PROHIBIT EL PAS A QUALSEVOL PERSONA ALIENA A L'OBRA».

La clau estava al pany. La mare de Suso va obrir la porta. Et va sorprendre l'ordre que trobàreu a l'interior de l'habitació. Hi havia una cadena de so impressionant, amb giradiscos per a discos de vinil, magnetòfon i reproductor de compactes i diverses pletines. Al costat, hi havia un orgue electrònic i un altre aparell semblant, el qual, vas suposar, devia ser una taula de mescles, de *samplejar* o alguna cosa per l'estil, tampoc no era un terreny que dominaves. Contra una altra paret, reposava l'equip de vídeo, amb unes quantes pantalles de televisió i amb tot connectat a un ordinador. La tercera paret l'ocupaven totalment uns prestatges metàl·lics amb una gran quantitat de cintes perfectament classificades i marcades amb adhesius. La majoria de les cintes eren pel·lícules, una col·lecció molt diversa de pel·lícules. Mirant de reüll els adhesius, no vas poder estar-te de llegir alguns títols molt significatius: *Garganta profunda*, *L'imperi dels sentits*, unes quantes *Emmanuelle* i alguns altres que devien esgotar totes les combinacions possibles dels substantius *orgies, dones, llits* i *nits*, amb els adjectius *calentes* i *humides*. El gènere eròtic era, sens dubte, un dels preferits de Suso.

Podeu quedar-vos tot el temps que vulgueu, va dir la mare de Suso, abans d'anar-se'n i deixar-vos sols, si necessiteu alguna cosa, crideu-me; jo estaré dalt.

Sandra i tu continuàreu sense dir res, mirant tot allò. Tu superares la primera atracció pel cinema porc, com en déieu Àngels i tu per referir-vos al cine porno, i vas buscar l'objectiu de la vostra visita. No va ser fàcil trobar-lo.

Sandra, els tenia ací, mira: tenia tots els vídeos classificats.

Et girares per mirar què feia Sandra. Ella s'havia assegut en una cadira giratòria que hi havia davant d'un taula que reposava sobre uns cavallets de fusta i damunt la qual hi havia els magnetoscopis.

Ací també hi ha una cosa curiosa que ens podria proporcionar algunes informacions.

Què és?

Un bloc de notes, organitzat com un diccionari.

Et vas aproximar a Sandra i vas seure al seu costat. Començàreu a llegir els dos junts.

1. Bloc de notes

Intel·ligència: Capacitat de seleccionar els mitjans adequats per a assolir els objectius proposats.

Intel·ligència artificial: Intel·ligència que mai no s'equivoca en seleccionar els mitjans, encara que no té objectius.

Intel·ligència humana: Intel·ligència que s'equivoca tant en l'elecció dels mitjans com en la formulació dels objectius.

Pare: Individu imprescindible per a poder començar a viure i prescindible després. Com més gran siga la vida pròpia, més prescindible resulta, fins que s'arriba a un punt en què la vida del pare i la vida pròpia són conceptes antagònics.

Mare: Individua imprescindible per a poder començar a viure i encara després. Si es controlen adequadament els seus excessos sentimentals, pot arribar a ser un refugi molt convenient, fins i tot quan hem assolit la vida plenament adulta.

Cine: Breu espai de vida autèntica, envoltat de vida falsa.

Teatre: Residu arqueològic que proporciona informacions molt interessants sobre la prehistòria del cine. Com passa amb qualsevol informació arqueològica, el seu valor és exclusivament acadèmic. Com a espectacle, resulta inexorablement avorrit.

Televisió: Imitació domèstica del cine, tan falsa com la vida falsa.

Càmera: Prolongació de l'ull, dotada de memòria.

Joc: Activitat superior dels éssers humans, compartida amb els altres animals superiors.

Videojoc: Escala màxima en el desenvolupament evolutiu del joc, que permet distingir el joc específicament humà del joc animal.

Dona: Objecte proveït d'un forat plaent que, per desgràcia, no n'autoritza fàcilment l'ús. Des de fa alguns anys, aquest interessant objecte té la mania lamentable d'atribuir-se la facultat del pensament, actitud que pertorba el gaudi de les seues propietats més destacades i indiscutibles.

Amor: Malaltia passatgera i lleu, llevat de quan adquireix un caràcter crònic, circumstància que el converteix en una malaltia no sols greu sinó, probablement, mortal.

Homosexual: Individu amb una pràctica sexual que sembla una dieta: només practica amb el seus semblants.

Heterosexual: Individu amb una pràctica sexual que sembla una dieta: només practica amb els qui no se li assemblen.

Bisexual: Omnívor en matèria sexual.

Creus que val la pena continuar llegint?, et va preguntar Sandra.

Algunes definicions tenen gràcia, però crec que no seran una gran ajuda. Podem preguntar a sa mare si ens el podem emportar per a llegir-lo amb més calma.

Serà per curiositat, jo estic segura que no ens servirà per a res més, i respecte a la gràcia, jo no li'n veig gaire: aquest xic era un masclista insuportable.

Preferires no posar-te a discutir.

Podem mirar els vídeos, ara.

Et dirigires als estants i li vas assenyalar les cintes que més t'havien cridat l'atenció.

Mira, totes porten la data en què van ser gravades i estan ordenades cronològicament, algunes tenen, fins i tot, un títol.

En vas triar una que corresponia, més o menys, a les dates en què sabies que la teua germana havia començat a veure's amb Dani i Suso. A l'adhesiu, a més de la data, hi havia aquesta anotació: «Hàbits sexuals. Enquesta en vídeo XXIV. Concert de Capità Garfi».

La posem?

Tu saps com funciona açò?

Supose que com qualsevol altre magnetoscopi.

Et vas dirigir a la taula, vas seure a la cadira giratòria, vas prémer l'*on* del magnetoscopi, hi introduïres la cinta i engegares el *play*.

2. Vídeo 'Hàbits sexuals i Concert Capità Garfi'

Exterior, discoteca.

Lluminositat deficient.

Els llums de neó de la porta destaquen sobre la resta de la imatge. En moure's la càmera, els llums hi deixen un rastre.

Grups de gent jove a la porta, comprant les entrades, enraonant, esperant algú.

Sorolls de cotxes. Converses i crits inintel·ligibles.

Una cara s'aproxima a la càmera i fa gestos de burla. És una xica. No la coneixes.

La xica parla, marcant els moviments dels llavis.

—Et-vull. T'es-ti-me. Ai-lov-iu.

Els llavis s'aproximen a la càmera fins que en tapen la visió.

Gir sobtat de la càmera.

—Fuig d'enmig, no sigues pesada!

La càmera es mou en direcció a la porta de la disco.

Alguns xics i xiques saluden a la càmera. A penes s'entén què diuen. Molt de soroll.

En arribar a la porta, s'atura. Gira lentament, dibuixant una panoràmica de noranta graus.

Pla mitjà de dos xics. Són un xicot que, després, descobriràs que és Daniel, i un altre que no coneixes. S'abracen fraternalment.

Fos en negre.

S'obri el fos.

Interior de la discoteca.

Molt de soroll. Sona un disc de Bon Jovi, encara que se sent fatal. Sorolls de vidres i de veus. Inintel·ligibles.

La càmera enfoca la pista de ball, probablement des d'un lloc elevat. Picat poc acusat.

La pista és plena de gent que balla. No coneixes ningú.

Fos. S'obri el fos.

Música de Guns N'Roses.

Asseguts al voltant d'una taula, Daniel i alguns altres amics i amigues que no coneixes. Beuen, probablement, cubates. Hi ha alguna tònica, alguna cervesa. Parlen. No s'entén què diuen.

Fos. S'obri el fos.

Comença l'actuació de Capità Garfi, el grup de Ferran. La càmera enfoca el grup, encara que, de tant en tant, l'oculta algun cap. La càmera roman fixa la major part del temps. Lleugers moviments per fixar-se en algun membre del grup, generalment Ferran, guitarra i veu. De vegades, un *zoom* per donar un primer pla.

No hi ha canvis significatius durant les sis cançons gravades. Capità Garfi canten: «Cursa salvatge», «Ma iaia no paga la quota de la llet», «Bevent vi amb gasosa una vesprada al cim del Galliner», «No vull voler-te», «Resistència» i «Jo també tinc la sida».

Fos. S'obri el fos.

Ferran presenta Àngels. Daniel la besa. No s'entén què diu. Tots riuen. Ferran assenyala la càmera; Suso, sents que diu. Àngels somriu, Àngels allarga la mà. Veus una altra mà que li ix a l'encontre per la part inferior de l'ull de la càmera. Encaixada vigorosa. Tots tornen a riure.

S'escolten les preguntes que Àngels havia anotat al seu diari. Àngels riu. Ara s'enfada. La seua mà tapa l'objectiu. Gir inesperat de la càmera. Fos.

Veure la teua germana plena de vida va ser un colp molt dur. Després que la cinta es va acabar, vas romandre encara uns minuts amb la mirada fixa en la pantalla, perduda entre aquells milions de puntets blancs que s'hi bellugaven sense parar.

Sandra se t'acostà i et va passar un braç per damunt del muscle.

Si vols ho deixem, podem continuar un altre dia...

No, reaccionares, vas prémer l'*eject* i en vas traure la cinta, és millor aprofitar el temps; siga com siga, ja sabíem que ens trobaríem escenes semblants.

Vas triar una altra cinta, la que hi havia a continuació. L'adhesiu indicava «Capità Garfi. Rock amb arrels. Entrevista».

Deu ser un altre concert. La posem?

Sandra et va dir que sí. Vas repetir l'operació d'abans.

3. Vídeo 'Capità Garfi. Entrevista'

Pla mitjà de Ferran, assegut. Al seu darrere, sobre una paret blanca, un cartell amb una reproducció de la portada del disc *Sandinista!*, de Clash.

La càmera no es mou.

Ferran fa un gest, com qui pregunta alguna cosa. S'escolta una veu que ix de darrere la càmera. No s'entén bé què diu.

Ja està?, pregunta Ferran.

No s'entén bé la resposta.

Bé, havíem quedat que començaria parlant de la meua música. No m'importa quin nom li posen i no m'agrada gens que ens comparen amb d'altres grups. Jo només vull fer la meua pròpia música... Bé, la música del grup, però jo sóc qui compon les cançons senceres, la lletra i la música... Que si sóc el líder? Saps que, a mi, això dels líders i tota aquesta merda me la porta fluixa... Sí, és clar, sóc bastant anarquista, però havíem quedat de la política venia després. Encara que, per a mi, tot és política, la música és política, el rock és política, aquest fotut vídeo és política, les teues preguntes són política. Però, és clar, això no vol dir que jo no comprenga que es pot parlar de coses que no són política, és a dir, una cosa és que la política s'implique en tot, també al teu llit, quan folles, però no per això li has de preguntar a la xica, escolta, tu quin partit votes, o a quantes manifestacions has anat, sinó que li dius que bona estàs, t'estime molt i tot això. És a dir, que també es pot parlar de música, com si digueres posant la música en un primer pla. I, per a mi, la música és fonamental, allò que dóna sentit a la meua vida. Entenc perfectament el suïcidi de Kurt Cobain. Quan has aconseguit donar tot allò que tenies, quan realment creus que has trobat allò que buscaves, que has arribat al màxim amb la teua música, tens la sensació que, a partir d'aquest moment, tot anirà riu avall, que mai no ho podràs repetir, i l'única eixida és suïcidar-se.

...

Veus. No s'entenen.

...

Bé, jo no vull dir que li passara això, exactament, a Kurt Cobain. Probablement només era un sonat, un desequilibrat, un malalt amb el cervell menjat per les drogues i tot això. Jo què sé. I me la sua. Només vull dir que les coses podrien haver passat així i jo ho comprendria. Però sé que, en realitat, ell era un personatge famós que odiava la fama i tot això que diuen; bé, tot això no m'interessa gens ni miqueta. Només vull dir que, per a mi, la música ho és tot, i si tu veus que la teua música és cada volta millor, si veus que trobes coses noves, que ets capaç d'obrir nous camins, si ho notes, perquè ets tu mateix qui ho ha de notar, tot això de l'èxit és una merda, la teua música no és millor perquè un ramat de xiquetes sense cervell et demanen autògrafs a l'entrada dels hotels o perquè omplis els estadis amb milers de persones que foten crits; una música és bona o no ho és, i qui millor ho saps ets tu mateix.

...

No, no vull dir que menyspree l'èxit, en el sentit que no m'interessa que la meua música agrade als altres, vull connectar amb la gent, vull que la gent cante les meues cançons, crec que el dia que trobe un grup d'amics que s'emborratxen mentre canten les meues cançons, aquell dia sabré que ja sóc un clàssic, entens què vull dir? Per a mi, un clàssic no és un compositor que és interpretat per orquestres amb músics vestits de pingüí, això també és una merda, i no és que no m'agraden Bach i Mozart i Beethoven...

...

Sí, m'agraden, què et pensaves, que com que sóc un desgraciat del carrer de Marín no he anat mai a un concert? M'agraden els concerts i vaig al conservatori, on estudie tercer de piano. I no em resulta gens fàcil, perquè he d'aconseguir jo la pasta i no tinc gens de temps. Però no em talles, què deia abans? Ah, sí, que ser clàssic és que la teua música comence a tindre una vida independent, que les notes de les teues cançons, de les teues composicions, vagen pel món i acompanyen la borratxera d'uns amics que celebren qualsevol cosa, que ja s'han escapat de la mili, o que hagen acabat de dinar de puta mare i tinguen ganes de cantar o en un anunci de preservatius... O, no ho sé... això últim... Podem esborrar això últim?

...

Veus inintel·ligibles.

...

Sí, ja sé que estic enrotllant-me, ja ho he vist.

...

Més concret... Em dic Ferran, sóc el cantant del grup. De vegades, també toque la guitarra i l'orgue electrònic. La nostra és una música de fusió. Ens interessa investigar en les arrels folklòriques, en les músiques tradicionals, encara que nosaltres som un conjunt de rock. Dins del rock, allò que més ens interessa és un rock directe, ràpid, amb melodies que es puguen recordar bé, però que també deixen molta llibertat per a la improvisació dels músics... Sí, una miqueta com el jazz, si tu vols. Però no ens interessa definir-nos de cap forma, punk o grunge o heavy. No som res d'això. I, per descomptat, allò que no som gens és pop. Odiem el pop, les cançonetes per a ballar, la música com ara la de Mecano, merdetes així. La música de les bones intencions i de les bones vibracions, merda, és una música integrista, entens què vull dir? És música per a addictes a l'Opus Dei, per a acompanyar les misses parroquials, totes aquestes collonades, comprens? Nosaltres donem molta importància a les lletres. Volem dir coses, volem parlar a la gent d'ara de coses que passen ara. Podem parlar d'amor, naturalment, però no ens interessen les cançons d'amor que fan rimar «encara l'estimava» amb «i ella no estava» o «quant la volia» amb «sense tu no viuria». Volem demostrar que es poden fer cançons que parlen dels problemes de la gent, que parlen, és clar, de la política, de les vagues de la Citroën, dels aturats, de la corrupció socialista, de la quota de la llet i de la puta Europa, i que aquestes cançons puguen interessar a la gent jove dels nostres dies.

...

Bé, això del rock amb arrels, mira, si vols pot ser un nom que cal reivindicar, el rock amb arrels. Però ens hauríem de posar d'acord sobre què són les arrels. Perquè és probable que la mateixa paraula signifique coses diferents per a tu i per a mi. Si un home amb arrels és un home de l'aldea, bé; no em semblen malament aquestes arrels, em semblen de puta mare, aquestes arrels. Tots nosaltres tenim, en les nostres famílies, gent que encara viu en aldees, i m'encanta visitar-los; mon pare era un home del camp fins que va vindre a Vigo, a treballar a les drassanes. I ma mare també vivia al camp, a l'aldea. Jo reivindique el meu passat aldeà i reivindique la gent que viu a les aldees, que són la millor gent del món. Però he de dir que, entés d'aquesta forma, jo no sóc un aldeà. I no ho sóc perquè jo sóc una rata de ciutat, un maleït animal urbà. Això és així, no perquè a mi m'agrade o deixe d'agradar-me. Jo sóc un home urbà i l'aldea només és el meu passat i un lloc per a anar a visitar, a veure els familiars. Però si dir que jo no sóc un aldeà s'entén com una negació de les meues arrels aldeanes, en aquest cas, reivindique aquestes arrels, reivindique el meu aldeanisme i dic que sí, que la meua música reivindica aquelles arrels, començant, com és natural, per l'idioma, és una música gallega feta en gallec, és un rock gallec i, si vols, també és un rock amb arrels, de puta mare, em sembla que pot ser un bon nom, el rock amb arrels, per què no?

...

Això del galleguisme... Mira, jo ho tinc clar, qui no estima la seua mare és un fill de puta i, en el fons, renega d'una cosa seua, del seu destí, es nega ell mateix. Jo no entenc el nacionalisme com llevar drets a ningú, ni crec que la gaita és el millor instrument del món i la *muñeira* la millor dansa ni que les ries són el millor paisatge del món; tot això és costumisme barat. No es tracta de creure que totes les nostres coses són millors, sinó, simplement, de saber que són nostres. I tot allò que hem de construir, ho haurem de fer basant-nos en això, en les coses de què disposem, les nostres. Per descomptat que tenim coses bones i coses nefastes, que n'hem de millorar algunes, que n'hem de canviar unes altres, fins i tot n'hauríem d'oblidar algunes per sempre. Però hi ha coses que són les millors del món, simplement perquè són tan bones com qualssevol altres. Però són les nostres i si nosaltres no les defensem, ningú no les defensarà. Per exemple, la llengua, no hi ha llengües millors ni pitjors, però cadascú ha de vigilar i alimentar la seua perquè és la que té i, si no ho fem, simplement desapareixerà.

...

Que no té res de mal que desaparega una llengua? Tampoc no té res de mal que desaparega la catedral de Santiago de Compostel·la. La vida podria continuar tranquil·lament. Però tots comprenem per què defensem els nostres monuments. I una llengua és també un monument, probablement més important, i l'única manera de fer que una llengua es conserve és parlar-la, és així de senzill.

...

Bé, sí, l'anarquisme i el nacionalisme i l'independentisme semblen contradictoris, probablement ho són, d'acord. La vida és contradictòria i cadascú ha d'anar aprenent a fer compatibles les seues pròpies contradiccions. També és una contradicció que jo deixe que em facen aquesta entrevista un fill de pare ric podrit de pasta que no té res millor a fer i un fotut modernet mig descervellat...

Dani entra en el camp i agafa Ferran del coll, com si es disposara a estrangular-lo. Mira cap a la càmera mentre escanya Ferran.

DANI: El fill de pare ric podrit de pasta escanya l'home de l'aldea. Mort al rock amb arrels!

La mà de Dani tapa l'objectiu.

VEU: Sense testimonis. El crim no ha de...

S'interromp la gravació.

Aquesta vegada, va ser Sandra la més afectada. Començaves a pensar que allò podia convertir-se en un exercici de masoquisme que, a més, no tenia cap de les utilitats que li havíeu atribuït al principi.

Sé què estàs pensant, et va dir Sandra, i no hi estic d'acord, creus que és massa cruel això de veure vius els nostres germans, és cruel, sí, però saps què t'he de dir?, és també una cosa bona, una cosa bonica, m'agrada escoltar com parlava Ferran, crec que hauria de fer alguna cosa amb aquesta entrevista, perquè hi diu coses molt importants, coses que haurien d'estar en un llibre, potser la mare de Suso tenia raó, ací hi ha material per a fer alguna cosa, alguna cosa, com ha dit ella?, estètica, no és això? Alguna cosa cultural, jo no sé explicar-ho bé, però de segur que m'entens.

T'entenc, sí.

Va ser just en aquell instant que t'adonares. Vas començar a pensar que, encara que el vostre projecte no aportara cap novetat sobre aquelles morts estúpides, fins i tot així podia tenir un sentit, un sentit millor i tot que el primer. Després de tot, potser sí que podries conéixer millor la teua germana Àngels, i la mare de Suso potser podria arribar a conéixer millor el seu fill, com Sandra coneixia, ara, millor, quines eren les idees del seu germà a propòsit d'alguns temes que mai no havia comentat amb ell. I no era només conéixer-los millor. També era possible conservar una part de la seua memòria. Com passa amb els artistes. Una part d'ells mateixos perviu a la seua obra, als seus llibres, als seus quadres, a les seues pel·lícules. Probablement, tenies l'oportunitat de fer que una part molt valuosa d'Àngels, de Ferran, de Suso i de Dani no morira amb ells.

Quantes hores passàreu en aquell soterrani? Moltes. Quan la mare de Suso va arribar ja era nit fosca, de fet, va baixar per a convidar-vos a sopar. Vau agrair la invitació, però tant tu com Sandra asseguràreu que, a casa, devien estar esperant-vos per a sopar. Encara que era cert, també era veritat que els dos temíeu ser una altra vegada els confidents involuntaris de les confessions de la dona.

Abans d'anar-vos-en, revisàreu quasi una dotzena de cintes. La majoria no les havíeu vistes senceres, només alguns fragments que us ajudaren a fer-vos una idea de la resta. Però almenys una d'elles mereix ser recordada amb tots els pèls i senyals.

X
UNA ALTRA CINTA DE VÍDEO

'Idees religioses. Enquesta-debat I'

Pla de conjunt. Al voltant d'una taula gran, seuen Dani, Ferran i Àngels. Damunt la taula hi ha un micròfon que es recolza sobre un suport. Se sent una veu fora de camp.

VEU: Parleu, és per a comprovar el so...

Riuen, ningú no es decideix a parlar.

DANI: Què vols que diguem?

VEU: Qualsevol cosa, només és una prova, collons, que no passa res.

DANI: Ací ens teniu, als estudis Cadascuasacasa, deualadetots...

FERRAN: Els famosos estudis de televisió que no veu ni Déu...

VEU: Bé, ara que parle Àngels, per a regular els aguts.

FERRAN (*Que passa el micro a Àngels*): Escoltem la veu de l'àngel.

ÀNGELS: Després d'haver escoltat la veu dels dimonis.

VEU: Molt bé.

Entra en camp Suso, que seu entre Dani i Ferran.

SUSO: Jo faré de moderador, encara que també em reservaré el dret a intervenir per a donar la meua opinió. Qui parle, haurà d'aguantar el micro, així. Està clar? Bé, podem començar per la qüestió clau: existeix o no existeix Déu?

DANI: Discrepe ja, perquè no crec que aquesta haja de ser considerada la qüestió clau. Havíem quedat que parlaríem de religió. Però tu ja comences amb una idea equivocada, segons la qual totes les religions s'han de basar en l'existència de Déu.

SUSO: I vols dir que això no és així?

DANI: No senyor. Com qualsevol bon científic, jo he procurat documentar-me abans d'intervenir en aquest debat i puc afirmar que hi ha religions atees.

FERRAN: És cert. El budisme, per exemple, no defensa l'existència d'un déu, ni de molts déus, sinó que proposa, més aviat, un cert panteisme.

ÀNGELS: Però el panteisme és creure que Déu és present en totes les coses.

FERRAN: No, d'això que Déu és present en totes les coses, res; el panteisme afirma que Déu és tot, que és una cosa molt diferent.

DANI: Correcte, i si Déu és igual a tot, Déu és igual a no res. Jo sóc alguna cosa perquè no em confonc amb les altres coses, si fóra una cosa indiferenciada de qualsevol altra, jo no seria jo, no seria res en particular.

SUSO: Hòstia, teniu la intenció de parlar d'aquesta forma durant tot el debat? Aviseu-me, perquè desconnecte. Ací, l'acord era donar-li canya a la beata d'Àngels, i per aquest camí...

ÀNGELS (*Que s'aixeca i parla sense aguantar el micro*): Com? De manera que tot açò era només per a fotre'm... Ja us... (*No s'entén*).

Ferran també s'aixeca i busca Àngels que ja estava dreta, però amb el cap fora de camp; els dos queden fora del camp de visió i parlen molt fort, però no s'entén què diuen.

DANI (*Que fa com si estrangulara Suso*): Però mira que ets burro, tros de suro, demana perdó a la xica immediatament, demana-li perdó i besa-li la sola de les sabates, que no tens...

S'interromp la gravació. Continua. Una altra vegada els quatre asseguts, Àngels amb cara de pocs amics.

SUSO: Demanem disculpes a la digníssima audiència, per problemes aliens a...

DANI: D'aliens res de res, és per culpa d'aquest presentador, que és un impresentable.

FERRAN: Això ho confirme.

SUSO: Molt bé, per culpa d'aquest presentador impresentable comencem una altra vegada i, sense fer-los esperar més, insistesc, i no tornem a fugir d'estudi!, existeix o no existeix Déu?

DANI: Bé, si deixem de banda la qüestió que es pot ser religiós sense haver de creure en Déu...

FERRAN: Com fan molts budistes...

SUSO (*Amb les mans al cap*): No tornem a començar...

DANI: Si deixem, per tant, de banda, aquesta qüestió, hem de reconéixer que la majoria de les religions comparteixen la creença en l'existència d'un o més déus com un dels elements centrals d'allò que podríem denominar el seu ideari. Però, en què basen aquesta creença? En cap cosa racional, sinó en unes idees que no es poden discutir, és a dir, en unes idees dogmàtiques, que els creients han de creure per obligació.

ÀNGELS: Heu dit, almenys, dues coses que es podrien discutir. La primera és que hi ha maneres racionals de demostrar l'existència de Déu. En realitat, la major part dels filòsofs, per exemple, han cregut en l'existència d'algun déu i molts n'han demostrat l'existència amb arguments racionals. La segona... Sé que n'hi havia una segona, però ara no me'n recorde... Podem començar discutint això, que no es pot dir que no es pot demostrar l'existència de Déu, perquè molts filòsofs l'han demostrada.

DANI: Això és cert. Però, en primer lloc, és molt discutible que les proves dels filòsofs resulten racionalment satisfactòries. I, en segon lloc, com ja havia dit abans, les persones no es fan religioses després d'haver-se convençut, o d'haver estat convençudes, racionalment, de l'existència de Déu, sinó que, habitualment, naixen ja al si d'una religió que els imposa la creença en alguna modalitat de divinitat; per exemple, tu creus que hi ha un Déu i creus la història de Jesucrist, el seu naixement, la crucifixió i tot això.

FERRAN: Fins i tot creus en això de la missa, l'hòstia consagrada, la comunió...

DANI: Sí, tot això, creus en tot això, no perquè hages fet una investigació i hages comprovat amb dades històriques que és veritat tot això que conten els Evangelis de la vida de Crist, ni has estudiat l'argument ontològic o les vies de sant Tomàs, sinó que, simplement, els teus pares et portaren a batejar, després vas fer la primera comunió...

SUSO: Tota vestideta de blanc...

DANI: ...després la confirmació, anaves amb ells a missa cada diumenge. Aquesta és la història real. Si hagueres nascut a l'Iran, ara mateix duries el vel davant la cara i aniries tapada fins als peus, i faries les teues oracions diàries mirant cap a la Meca, i llegiries l'Alcorà en compte dels Evangelis i diries que Mahoma és el gran profeta de Déu i negaries que Crist fóra Déu. Si hagueres nascut en una família jueva, respectaries el dissabte com la festa del Senyor, i no el diumenge...

SUSO: Caram, quina enciclopèdia de les religions...

ÀNGELS: T'has centrat en la qüestió secundària de la creença en Déu i la religiositat. Jo estic disposada a acceptar que les religions existents són secundàries, no sóc una dogmàtica o una fanàtica religiosa. Em val tant el cristianisme com el judaisme o el mahometanisme, i fins i tot el budisme, encara que siga ateu com tu dius, cosa que jo no veig gens clara.

FERRAN: És així, llig coses sobre el budisme i ho comprovaràs.

ÀNGELS: Bé, però això és secundari, insistesc. La qüestió important és: creiem o no creiem que hi ha una dimensió espiritual de la humanitat que és indispensable per a considerar-nos éssers humans autèntics? Per a mi, aquesta és la qüestió clau de la religiositat: la necessitat de donar un sentit espiritual a les nostres vides.

SUSO (*Imitant-la*): Una dimensió espiritual de la humanitat... Això sí que té tela. Són paraules molt ben dites, sí senyor. A veure qui li respon!

DANI (*Sense fer cas de la intervenció de Suso*): Però, què entens tu per espiritual? Perquè jo no veig per què és més espiritual una persona que creu en Déu o va a missa que no una que no hi creu i s'estima més anar a la platja.

ÀNGELS: Insistesc que la qüestió bàsica no té res a veure amb el fet d'anar a missa o creure en aquest o en aquell déu...

FERRAN: Però en algun déu sí, no és això?

ÀNGELS: Jo pense que creure en algun déu sí que és una condició per a accedir a aquesta dimensió espiritual que deia. No és una cosa que es puga explicar d'una manera senzilla, però vegem, per exemple, tu proposes l'opció de triar entre anar a missa o anar a la platja. En principi, qualsevol de les dues opcions és vàlida i no és millor qui opta per fer una cosa o l'altra. Però jo et propose una tercera opció: imagina que has de triar entre quedar-te a fer companyia a ta mare, que està malalta, o anar a la platja. Tu pots dir perfectament: m'ho passaré millor a la platja que si em quede a casa, amb ma mare, com podries dir, en l'altre cas, que t'estimes més divertir-te a la platja que no anar a missa, que et sembla molt avorrit. Per a mi, aquest és el problema: la vida consisteix simplement a triar en cada moment allò que més ens diverteix? O, millor encara, el sentit de la vida es redueix a passar el temps de la forma més divertida possible? Jo crec que no...

DANI: És a dir, que, per a tu, la religiositat i l'espiritualitat ens obligarien a renunciar a la nostra tendència a passar-ho bé; és a dir, la clàssica concepció de la religió com una autoritat castradora: sacrifica't perquè el plaer és pecat!

FERRAN: Alerta! Jo crec que tu també simplifiques massa

l'opció dels no religiosos, com si els ateus fórem tots un fills desagraïts que abandonen les seues mares i que, si ens deixaren, passaríem la vida a la platja i pecant com uns desesperats.

SUSO: Això, això! La lluita del pecat contra la virtut! Visca el pecat! Fora la virtut!

FERRAN: Escolta, però tu no ets el moderador? Impresentable i immoderat, jo crec que l'hauríem de tirar...

DANI: Sí, hi estic d'acord: tirem-lo.

S'aixequen i fan com si es barallaren.

SUSO: D'acord, d'acord. Promet portar-me bé d'ara endavant...

ÀNGELS: Açò no és seriós, ja m'ho havia d'haver imaginat. Sabeu què en pense? Que, en certa forma, és la prova de tot això que comentem. Vull dir, vosaltres viviu la vida com una simple diversió, com una broma contínua. Per això, quan us proposen parlar de coses importants, no sou capaços de fer-ho, tot ho convertiu en broma. Però jo em pregunte què passaria si us haguéreu d'enfrontar a problemes importants. Si, per exemple, vosaltres o algú que us interessara de veritat, tinguera un problema autèntic, que el fera sofrir. No dic només una malaltia o una mort. Tu, per exemple, Dani, o tu, Suso, mai no heu tingut cap problema important, però imagineu que els vostres pares s'arruïnaren, que passaren per greus problemes econòmics, encara creuríeu que tot és una broma?

FERRAN: En això estic d'acord amb tu, però no entenc què hi té a veure la religió. Per a mi, la religió dóna a la vida un aspecte de falsa severitat, en realitat, ofega la vida a força de negar tot allò que té de positiva. Saber viure la vida amb rigor i concedir-li, també, la part que li correspon de diversió, d'alegria, és una pràctica que no s'adquireix amb les religions.

DANI: Jo, per descomptat, reivindique el riure sense limitacions. Ja ens el negarà la vida. Però no inventem nosaltres mateixos *espiritualitats* per a prohibir-lo innecessàriament.

ÀNGELS: Però, d'aquesta forma, què et fa millor que un assassí o que un nazi? Un nazi, per exemple, pot dir que, per a ell, la diversió consisteix a exterminar jueus. Si la vida consisteix a divertir-se i prou, amb quin dret podem negar-li que ho faça?

DANI: Per a mi, per descomptat, no és una qüestió de dret, sinó d'intel·ligència. Un nazi és un estúpid, perquè en un moment o en un altre, els seus enemics l'eliminaran, com demostra la història.

ÀNGELS: És a dir, que si els nazis hagueren guanyat la guerra, ja no serien estúpids i tu ja no els podries objectar res.

DANI: En certa forma, és així; però no va ser així com passaren les coses. Les persones que identifiquen la seua diversió amb fer mal als altres són estúpides o estan soles, trien la diversió equivocada; és, simplement, un problema de cervell, perquè lògicament, les seues víctimes s'hi resistiran i, més tard o més prompte, trobaran algú que els donarà allò que ells han donat als altres.

FERRAN: Jo no puc estar d'acord amb això, crec que això és una burrada. Segons aquesta forma de veure les coses, per exemple, l'esclavisme estaria justificat perquè, efectivament, va ser una cosa que funcionà durant molts segles. Encara que els romans es divertiren veient com els lleons devoraven esclaus o com els seus esclaus es mataven els uns als altres, com que això mai no va provocar una rebel·lió que tinguera èxit, vol dir que no tenim cap raó per a afirmar que els torturadors eren pitjors que els torturats.

DANI: Es tracta d'unes raons que, en qualsevol cas, només són vàlides en els nostres dies. Probablement, ni tan sols els esclaus pensaven que tenien raons per a queixar-se de la seua situació. Es limitaven a tractar de sobreviure.

ÀNGELS: Just això és el que passa, crec jo, en un món sense espiritualitat: les persones es limiten a tractar de sobreviure. És una situació que afavoreix l'aparició de barbaritats de totes les classes imaginables. El mal menor és que s'hi impose la llei de la selva, que els més forts devoren els més febles.

FERRAN: En això, tu ets massa ingènua. Sempre hi ha hagut religions i les religions mai no han combatut aquestes injustícies; més aviat, han actuat sovint com a aliades dels tirans i dels torturadors. Jo diria que només en un món sense religions podríem imaginar una altra classe de comportaments, més solidaris.

ÀNGELS: No hi estic d'acord. Per descomptat, la religió no és prou per a fer desaparéixer les injustícies del món. Però sense la dimensió de l'espiritualitat que la religió transmet, la humanitat, com ho diria?, viuria desorientada, no sé com explicar-ho... Ah! Ara recorde quina era la segona qüestió que volia plantejar abans. Això de la racionalitat, és a dir, això de si creure en Déu era o no racional. Jo dic: per què ha de ser tot racional? Hi ha coses que no es poden justificar racionalment. Quan vosaltres exigiu que tot es justifique racionalment, en certa forma us comporteu una miqueta com els xiquets menuts que, cada vegada que els diuen que han de fer açò o allò, pregunten per què. Hi ha moments en què només els pots respondre que perquè sí, perquè és així. Per què jo no puc assassinar una altra persona? Per què no puc menysprear un individu d'una altra raça? Per què m'he de solidaritzar amb el sofriment dels meus semblants? Perquè, si no actuara així, jo no seria un ésser humà autèntic.

DANI: Tot això està molt bé, però, o bé es pot justificar racionalment, que jo crec que sí, o en el cas contrari, obrim les portes a totes les arbitrarietats. Perquè, per exemple, què passaria si jo dic que, per a mi, els negres i les dones no són autèntics éssers humans?

FERRAN: Per a mi, no és aquest el problema. Jo insistesc que no veig cap relació entre tot això que dius, Àngels, i la religió. Jo puc acceptar perfectament que hi ha una sèrie de principis bàsics que no admeten discussió, però no veig què té a veure que jo accepte això amb la religió i l'espiritualitat de què parles. Ben al contrari, segons les religions, tot allò que mana la religió pròpia o els déus, és bo. Per exemple, és bo que Abraham mate el seu fill Isaac si li ho demana Déu. Precisament per a Déu no hi ha cap principi indiscutible.

DANI: Això vull dir jo quan afirme que, amb la religió, acceptem la possibilitat que es produesquen les més diverses barbaritats.

ÀNGELS: Jo t'assegure que un Déu així no m'interessa, aquesta classe de religiositat no m'interessa gens. M'interessa, justament, una altra religiositat, la que, com t'ho diria?, obri les persones a unes dimensions diferents a l'interés immediat. Sé que és una cosa difícil d'explicar...

DANI: Lògic: si no és un pensament racional, no es pot explicar.

ÀNGELS: Si tu ho dius, deu ser això. Però hi ha moltes coses inexplicables i això no vol dir que siguen irracionals. Per què una dona s'enamora d'un home o un home d'una dona?

DANI: O un home d'un altre home o una dona d'una altra dona...

ÀNGELS: Bé, d'acord. Per què s'enamora una persona d'una altra persona? Tu creus realment que això es pot explicar? Jo crec que, si es pot explicar, ja no és amor. L'amor autèntic és inexplicable, és un sentiment que naix i ja està. I la religiositat que jo defense és una cosa semblant...

FERRAN: Una cosa com el misticisme de santa Teresa, sant Joan de la Creu i tot això.

ÀNGELS: No cal arribar al misticisme, encara que sí, per descomptat, per a mi, els místics són les persones que millor han sabut arribar al màxim nivell d'espiritualitat. Però no totes les persones podem arribar a la dimensió mística i ni tan sols té sentit que ho intentem. Però sí que crec que totes les persones podem assolir la dimensió espiritual pròpia de la religiositat.

DANI: Però, què significa això? Perquè si és una cosa inefable, de la qual ni en podem parlar, és millor que callem, de manera que, o bé fas que hi haja alguna d'aquelles aparicions, una llum enlluernadora, una planta que crema sense consumir-se, algun d'aquests fenòmens estranys, o et poses a levitar de sobte, o se t'obrin les carns amb les ferides de Jesucrist, com li passava a santa Teresa...

SUSO (*Interrompent-lo*): Senyors espectadors, atenció: hem arribat al moment clau del nostre programa: el moment místic...

DANI: ...o, si no, no sé com hem de creure les coses que dius els qui no tenim la sort de compartir aquesta dimensió. Tot es limita a creure o no creure les coses que dius.

FERRAN: Bromes a banda, Àngels, has d'admetre que, pel camí que tu proposes, les coses no passen de l'aspecte típic de totes les religions: o estàs tocat per la gràcia de déu o et fots, quedes apartat, enfonsat en les tenebres del pecat i la ignorància.

ÀNGELS: No, no; jo vull dir, precisament, que el sentit de l'espiritualitat i de la religiositat de què parle és una cosa que pot tenir tot el món. Jo tampoc no acceptaria la idea d'un déu que concedeix la seua gràcia a alguns i els la nega a uns altres.

DANI: Aleshores, per què hi ha qui no creu en l'existència de Déu? No li resultaria més fàcil presentar-se clarament en compte de parlar d'una forma tan enrevesada que quasi ningú la comprén?

FERRAN: Déu escriu tort en línies tortes.

ÀNGELS: Una altra vegada us entossudiu a parlar de la fe en l'existència de Déu. Jo puc sentir-me més identificada amb un ateu que amb molts cristians, un ateu pot tenir un sentit de l'espiritualitat més agut que moltes persones religioses. Però jo note que, sense Déu, la meua sensació espiritual és curta, limitada. Déu és simplement la idea que dóna un sentit global al meu pensament, que fa suportable, per exemple, la idea que algú haja de morir sofrint o que un criminal acabe tranquil·lament els seus dies al llit.

DANI: Déu és un jutge suprem que, finalment, premia els dolents i castiga els bons.

ÀNGELS: Encara que això és una manera molt simple de dir-ho, una cosa així crec jo que hauríem de pensar per a intentar que el nostre món fóra acceptable.

FERRAN: Per a mi és al contrari, jo no puc acceptar la idea d'un Déu que permet que hi haja sofriments, criminals i injustícies.

DANI: Però, què és exactament això que tu anomenes espiritualitat?

ÀNGELS: Ja he dit que no és fàcil d'explicar; només puc dir que és una cosa que se sent o que no se sent, és així de senzill. Però, com ho diria?, l'espiritualitat et permet, quan ets a la platja de Samil mirant una d'aquelles postes de sol de la tardor i veus com cau el sol entre les Cíes, sentir que vius un moment únic, encara que saps que l'endemà el sol tornarà a amagar-se pel mateix lloc. L'espiritualitat fa que dos amants senten, quan s'acaricien, quan es besen, quan fan l'amor, que el seu amor és alguna cosa més que un intercanvi entre dos cossos, una cosa que només els pertany a ells, una cosa que podria existir igual, encara que no es produïra l'intercanvi físic, que és molt més valuosa que tot això. L'espiritualitat et dóna la força per a procurar ser millor cada dia, no perquè et castigaran si no ho fas o perquè et donaran una medalla o aniràs al cel, sinó perquè sí, perquè hi ha alguna cosa que no es pot explicar que et fa sentir més persona si t'esforces a ser millor. Això és l'espiritualitat: creure en la bondat i en l'amor.

S'hi fa el silenci.

SUSO: Oh, que bonic...

DANI: Calla, bèstia immunda.

SUSO: Calle.

FERRAN: Jo no crec que aquesta espiritualitat tinga res a veure amb la religió, insistesc.

DANI: I jo no crec ni en l'espiritualitat ni en la religió, però des d'avui crec en els àngels. Almenys en un. Jo crec en tu, Àngels.

Dani fa un gest de pregària en direcció a Àngels. Ella el refusa, entre malhumorada i acceptant la broma. Suso fa grans gestos de tallar en direcció a la càmera.

SUSO: Nyors, nyores, aquests esperits s'esvairan d'ací a tres segons. Un (*s'aixeca*), dos (*ix del camp*) i tres (*se sent fora de camp*).

Fi de la gravació.

XI
ÀNGELS I DÉU EN SOMNIS

...jo era en aquell lloc però no m'hi veia només veia la platja amb el sol ja alt i els núvols i escoltava rialles encara que no sabia de qui eren aquelles rialles perquè no hi havia més gent només gavines que volaven a ran d'arena i quasi la tocaven amb la punta de les ales i una gavina que hi havia a la platja em va fer la impressió que reia però va alçar el vol i va dibuixar un gran arc pujant i baixant en direcció a la mar i va ser allà on va aparéixer ella que reia mentre eixia de la mar amb un somriure que ho omplia tot l'arena de la platja el vol de les gavines els núvols i el sol allà dalt del cel blau i a sota les aigües verdes de la mar netes i segurament fredes que semblava que era la platja de les illes sempre amb les aigües tan netes tan verdes tan fredes i era ella qui reia i caminava en la meua direcció encara que jo no m'hi veia però venia i duia aigua entre les mans i me la tirava sense parar de riure i l'aigua era freda i jo ho sentia i ella corria i s'enfonsava en la mar i desapareixia i jo escoltava una veu que era la meua que deia vine on estàs vine i la seua veu deia vine tu vine no que l'aigua és freda deia la meua veu vine covard vine i jo no la veia només veia la mar verda i neta i freda i gavines que volaven i el cel blau i els núvols i el sol i la veu d'ella era com si la mar la mullara i la veu se'n va anar amb ella i només hi quedà la meua veu que repetia vine vine que l'aigua és freda vine i jo notava l'aigua en alguna part del meu cos que devia ser el meu front i no era aigua freda però jo encara deia vine vine que l'aigua és freda i jo no vull nadar vine que tinc por i jo no sabia per què deia que tenia por perquè a mi mai no m'ha fet por nadar mai encara que no sóc un gran nadador això és cert però tampoc sóc tan inexpert nade bé i m'agrada nadar i no em fa por que l'aigua siga freda per això em sorprenia tant quan m'escoltava dir vine que tinc por perquè jo sabia que era jo qui ho deia encara que jo no m'hi veia només veia aquella mar on ella s'enfonsava i jo la buscava però no la veia i sentia l'aigua que no era freda a la cara i va ser allà on va aparéixer però jo no sabria dir ben bé qui hi va aparéixer o si estic segur que era Déu i no sé com ell sabia qui era jo perquè s'estava al meu costat i em parlava amb una veu que enamorava però jo no entenia res una veu que no sentia per les orelles sinó per la pell una veu que m'envoltava i m'acollia i era com un vent molt suau com una brisa tènue que movia els meus cabells i no sé dir tampoc quin era el seu aspecte si duia barba com en les pintures o no si anava nu o vestit ni com era la seua roba si en duia si era alt o baix o gros o prim o vell o jove o bell o lleig sé que somreia això sé era un somriure de llum i una forma de parlar molt tranquil·la i agradable però no vull dir que tinguera cos que en tenia però no em recorde gens de com era aquell cos només recorde que jo sabia perfectament que era Déu i ja tot va ser que se'n van anar la mar i les gavines i l'arena de la platja i el cel i els núvols i ell es va quedar sol amb mi que no m'hi veia però hi era i ja no tenia por sinó una estranya tranquil·litat i vaig notar una altra vegada l'aigua calenta sobre el meu front i em vaig despertar sense cap brusquedat em vaig despertar i plorava però sense llàgrimes sinó al contrari al contrari

Vas encendre el llum, vas mirar el despertador. Encara no eren les vuit, però ja faltava poc per a l'hora que havies posat anit. Vas abandonar el llit i alçares les persianes. A fora, plovia.

XII
MÚSICA I POESIA

Mai no pararà de ploure. Ho pensaves mentre miraves córrer l'aigua com un riu que baixava per l'avinguda on els cotxes, més que no circular, semblava que navegaven. Plovia des que t'havies despertat, tan prompte, aquell matí.

Era ja de vesprada i feia poc que havies tornat de l'institut. Esperaves, en la teua habitació, una trucada de Sandra. Les cintes de Suso us havien causat, tant a tu com a ella, una certa commoció. No perquè aportaren aquelles proves que tu et senties obligat a trobar per la força d'un somni. La força dels somnis. També aquella nit havies somiat, però havia estat un somni molt diferent de l'anterior. Podia aquest nou somni alterar el significat que havies atribuït al primer? No ho sabies, et senties molt confós. Però, així i tot, dins la confusió, t'adonares que s'obria una nova perspectiva en la teua investigació. Ferran, Dani i, fins i tot, el sonat de Suso, havien adquirit un nou valor als teus ulls. I, entre ells, la presència de la teua germana adquiria també un significat radicalment diferent. Ja no eren uns borratxos o uns drogotes. Eren joves que buscaven alguna cosa que tu no saps gaire bé què era i que, possiblement, ni ells mateixos sabien tampoc què era, joves que tenien unes idees molt diferents i que les discutien, que tenien projectes i que, alguns, millor o pitjor, els duien endavant. Joves com tu, com Sandra. Va ser ella qui millor i més ràpidament va comprendre les possibilitats d'aquesta nova perspectiva. I va ser ella qui va marcar el ritme dels esdeveniments.

Vas sentir el telèfon. Era Sandra.

On quedem? Que m'esperes a la porta de casa? Molt bé, ara baixe. Sí, és clar que duré paraigua, ja veig com plou.

Ella t'esperava amb el seu impermeable de mariner del *Gran Sol.* Sense paraigua.

Bé, què has pogut arreglar?

Sense problemes, Fundi m'ha deixat les claus, diu que els del grup no hi han tornat, que estan desfets, que ells saben perfectament que sense Ferran no són res, sembla mentida, l'he hagut d'animar jo perquè està fet una llàstima, el pobre, no sabia que volia tant el meu germà.

Era el líder del grup.

Ja, però no era només això, ho sentia de veritat, perquè això es nota.

Creus que hi trobarem alguna cosa?

Ferran tenia totes les seues coses al local on assajaven perquè ja vas veure que el pis on vivim és molt menut i quan Albert venia a Vigo, abans de posar-se malalt, dormia a la mateixa habitació que Ferran, de manera que no hi havia lloc per a res.

El local era un vell magatzem a Sampaio, que alguna vegada havia estat equipat, més o menys, per a fer de taller de reparacions de cotxes, situat a uns vint minuts a peu, des de ta casa.

És del pare de Fundi, que ara té un taller nou a l'avinguda de Samil; Fundi treballa amb ell.

Sandra va obrir la porta. Era de ferro, no d'alumini com t'havia semblat a primera vista. Havia començat a caure-li la pintura i tenia unes quantes taques de rovell i encara conservava una olor inconfusible d'olis i de gasolina. L'interior era espaiós i fosc. Només hi entrava la llum per la porta. Sandra va prémer un interruptor i s'hi van encendre uns neons. La llum continuava sent escassa. Al terra, de ciment, hi havia la trapa on reparaven els cotxes, mig dissimulada amb unes taules de fusta. Les parets eren empaperades amb cartells, la majoria dels quals eren de grups de rock i de folk gallec i cèltic. També n'hi havia de polítics. La majoria galleguistes, independentistes, et va semblar, alguns escrits en basc. Vas recordar les paraules que havia escrit la teua germana sobre un dels membres del grup que simpatitzava amb ETA. Devia ser Fundi? També hi havia dos cartells de pel·lícules: *Blade Runner* i *Peter Pan*, de Walt Disney. I un calendari típic dels camioners i dels tallers de reparacions, amb una dona nua, que tenia uns pits molt grans, abraçada a un pneumàtic quasi tan gran com ella. Sempre t'havien semblat ofensius els calendaris com aquell.

A un costat, reposaven els instruments musicals: la bateria, dues guitarres i un orgue electrònic. Al costat, hi havia un amplificador menut. Contra la paret, un vell equip de música, al qual havien connectat un lector de CD. I, a més, un armari mig desballestat i uns prestatges metàl·lics que, segurament, el grup havia heretat del taller de reparacions.

Sandra havia començat ja a escorcollar els prestatges. Tu vas obrir la porta de l'armari. Al costat esquerre i havia unes perxes d'on penjava roba: unes granotes de treball, però també roba de vestir, jaquetes i pantalons. A la part dreta hi havia més prestatges. En els de més avall, hi havia també roba: camisetes, algunes serigrafiades amb el nom del grup i amb un dibuix del Capità Garfi, tret del cartell de la pel·lícula de Walt Disney. Als altres, sense ordre ni concert, hi havia llibres, vells discos de vinil i llibretes. En vas agafar una.

Vas sentir la veu de Sandra.

Ací estan les maquetes del grup, en aquestes cintes, Ferran m'havia dit que estaven preparant un CD, ja ho havien parlat, crec que l'havien de gravar en uns estudis que hi ha a la Universitat Popular, on van gravar també les primeres maquetes.

Te les va ensenyar. Eren tres cintes magnetofòniques.

Vols que les escoltem? Li preguntares.

Jo ja les conec, però si tu vols, no m'importa tornar a sentir-les.

Mentre les sentim, podem seguir buscant unes altres coses; comença per l'última, per si de cas no les podem sentir totes; supose que, si hi ha alguna cosa, deu estar en la gravació més recent, no creus?

No ho sé, vas notar que Sandra et mirava d'una manera inquisidora, com si, després d'un breu desconcert, volguera saber què passava dins del teu cap, però hi va renunciar al cap d'uns segons, ara ja no sé ben bé què busques tu, però comence a saber què busque jo.

Sandra va connectar el magnetòfon i va posar la cinta. Una ràfega de guitarres va omplir el local. Sandra en va abaixar una miqueta el volum i va tancar la porta. Et va cridar l'atenció aquell gest de discreció que considerares excessiu, si no innecessari. La casa habitada més pròxima es trobava a una distància suficient perquè no sentiren res. I, per una altra banda, vas pensar, de segur que quan el grup assajava feia molt més soroll.

Tu, sense adonar-te'n, t'havies quedat dret davant l'armari obert, amb aquella llibreta en la mà i mirant Sandra. La vas veure com deixava la porta entreoberta i com es llevava la part superior de l'impermeable. Els pantalons, enormes, li arribaven quasi a les aixelles. El cos el duia cobert amb un jersei blau, una peça de roba que, encara que no li venia gaire ajustada, com tota la roba que solia dur Sandra, li marcava els pits per la pressió que li feien els pantalons. Has de confessar que aquella va ser la primera vegada que mirares Sandra amb una mirada, com ho diries?, d'home que mira una dona. En realitat, aquella roba no li feia una figura atractiva, sinó una miqueta ridícula, amb aquells pantalons enormes que li donaven aspecte de pallasso. Però va ser aquella mateixa circumstància, el fet de dur uns pantalons que se li ajustaven per dalt la cintura, la que et permeté constatar la presència d'aquells pits, menudets i molt ben fets, que van atraure la teua mirada.

Ella et va mirar i et va sorprendre en plena observació. Vas notar com les teues galtes adquirien sobtadament una tonalitat roja, però notares també la seua incomoditat, tan gran com la teua. Ella també es va tornar roja i va afluixar de seguida la pressió dels pantalons, mentre estirava el jersei de manera que els seus pits es dissimularen, com si els volguera amagar. L'incident va ser més divertit que no dramàtic, però s'hi va fer un silenci incòmode, immersos en el qual, tant ella com tu s'afanyàreu desesperadament a trobar algun objecte que distraguera la vostra atenció, per no haver de mirar-vos l'un a l'altra.

La llibreta tremolava en la teua mà, la vas obrir però a penes tenies la tranquil·litat necessària per a llegir les paraules que hi havia escrites. Fulls amb notes soltes, alguns dibuixos i poemes. Et molestava també el soroll de la música. La veu del cantant, que devia ser Ferran, naturalment, repetia obsessivament una tornada ben poc imaginativa. «Menja peix, menja merda, la mar té marea negra.» De la resta, no n'enteni-es pràcticament res, només allò necessari per a comprendre que la cosa anava de denúncia contra la contaminació de la mar.

Et va cridar l'atenció una pàgina on hi havia escrit un poema titulat *Àngels*. Un poema dedicat a la teua germana, sens dubte. Un poema d'amor. El vas llegir mentre sonava una altra cançó, curiosament molt menys guerrera que l'anterior, com si volguera acompanyar la lectura del poema. Era una balada, encara que amb una lletra amb un contingut una miqueta imprecís, imprecisió accentuada per la dificultat, ja habitual, per a entendre què deia el cantant. O Ferran no vocalitzava bé, vas pensar, o la gravació no era gens bona. O les dues coses.

Saps ja què busques?

Com?

Em fa la impressió que has trobat alguna cosa, Sandra assenyalava la llibreta, què és?

Un poema.

Vols llegir-lo en veu alta?

Vas pensar que hauries d'inventar alguna excusa, perquè això de llegir poemes no ho feies gens bé, encara que aquella explicació no era una excusa, sinó la veritat; al cap i a la fi, des que deixares l'escola que no havies tornat a recitar un poema. Però no vas buscar cap excusa. Sandra va parar la música i tu vas llegir el poema.

ÀNGELS

Mai no he cregut en déus
Però ara crec en Àngels

Àngels que no porten rellotge
Àngels que no miren el temps
Àngels que mai no tenen pressa
Àngels que no viuen al cel

Mai no he cregut en Déu
Però ara crec en Àngels

Àngels bevent cervesa
Àngels ballant de nit
Àngels que no reprotxen
Àngels que van en cotxe

No crec en el teu Déu
però, Àngels, crec en tu

Breu silenci.

Vas deixar de mirar la llibreta. Sandra encara et mirava, però canvià absolutament la direcció dels seus ulls. És curiosa, aquesta nova incomoditat produïda per les mirades, vas pensar, tu també sofries per aguantar la seua mirada, però tu mai no havies estat una d'aquelles persones que miren els ulls o, almenys, mai no n'havies estat conscient.

T'ha agradat?, li preguntares.

I a tu, t'ha agradat?

Jo ho he preguntat primer.

Sandra va riure i tornà a posar la música.

A mi m'agradava qualsevol cosa que fera Ferran, ja ho va dir Albert, jo mai no he sabut ser crítica amb ell, m'agradaven les seues cançons, totes, i ara també m'agraden els seus poemes, perquè un poema i una cançó són, si fa no fa, la mateixa cosa, supose que li hauria volgut posar música, no creus?

Però algunes cançons et devien agradar més que unes altres, de manera que, algunes, t'agradaven menys.

No, no, hi havia cançons que m'agradaven més, però no n'hi havia cap que m'agradara menys.

I aquest poema, com és? Dels que t'agraden més o dels que no t'agraden menys?

Ara sí que et va mirar als ulls. No va pensar gaire la resposta.

Dels que m'agraden més... I a tu? Encara no m'has donat la teua opinió.

No ho sé, crec que jo no sóc un bon crític per als poemes d'amor.

Jo no et demane una crítica, només que em digues si t'ha agradat o no.

Vas repassar el text escrit en la llibreta. Així t'estalviaves d'aguantar-li aquella mirada tan directa, tan...

És bonic.

Bonic, puf, Ferran se'n pujava per les parets quan li deien que les seues cançons eren boniques.

Ja t'he dit que això de la poesia...

I a Àngels, creus que li degué agradar?

Li hauria agradat? Què en sabies tu, dels gustos de la teua germana? Recordaves els seus comentaris en el diari, a propòsit del grup de Ferran. I recordares que no havies comentat amb Sandra res del diari.

Saps que ella duia un diari?

Qui, Àngels?

Sí, vaig començar a llegir-lo, encara que ja fa dies que no l'he tornat a obrir.

Això sí que està bé, em fas anar amunt i avall buscant no sé què en les cintes de vídeo del sonat de Suso, i ara entre les coses del meu germà, li donem la vara al pobre Albert i resulta que tens un diari de la teua germana que ni tan sols has llegit.

Sí que l'he llegit, però encara no l'he acabat, per exemple, Àngels diu en el diari que no li agradava la música que feia el teu germà, per això he recordat ara el diari.

Que no li agradava? Des que començaren a eixir junts, ella no va faltar a cap concert, i anava fins i tot als assajos; Ferran no em deixava anar perquè quasi sempre assajaven tard, igual que als concerts, que eren de nit. Jo sí que volia anar-hi, però ell no em deixava, només els podia sentir tocar algun cap de setmana perquè, de vegades, quan no tenien cap actuació, començaven a assajar de bon matí, i la teua germana no hi faltava quasi mai, de manera que no em vingues amb això que, al diari, diu que no li agradava...

Almenys així ho diu al principi, no sé si després va canviar d'opinió.

Sandra semblava molt enfadada. Per quin motiu? Vas pensar diverses respostes possibles. Que no acceptava que algú no s'entusiasmara amb la música del germà, que, per a ella, era la millor del món. Que no ho acceptava, sobretot, quan es tractava de l'opinió d'una jove que, com aquell qui diu, era la seua núvia. Que ho veia com una traïció i una hipocresia, Àngels que anava sempre amb Suso, escoltava com cantaven i com tocaven però callava, no gosava dir que, en realitat, aquella música no li agradava gens.

I tu, saps si el teu germà li va preguntar alguna volta si li agradava la seua música? Perquè és possible que ell sabera que, a la meua germana, no l'entusiasmava aquesta classe de música; podien eixir junts per altres motius, perquè per a eixir junts no cal estar d'acord en tot.

Sonava una altra vegada una peça enèrgica, que semblava un himne, tenia un ritme molt marcat i una tornada que es repetia una vegada i una altra, encara que, en aquesta ocasió, et va semblar més inspirada o, almenys, no tan grollera com l'anterior. «Llegons i corbelles, martells i alicates, xarxes i paranys, la terra, la fàbrica, la mar i el carrer, com em bull la sang.» No acabaves de comprendre de què anava aquella barreja de coses, però albiraves vagament que allò de la sang devia referir-se a la injustícia social o una cosa per l'estil.

Sí, supose que tens raó, Sandra semblava haver reconegut que se li notava massa el disgust i que aquella actitud era difícil de justificar, sí, tens raó, per descomptat que, per a eixir junts no cal pensar de la mateixa forma en tot i, a més, jo què sé si ells ho havien comentat alguna volta, perquè al cap i a la fi és igual, però no entenc per què no m'havies dit res del diari ni per què no l'has acabat de llegir. Supose que hauries d'haver començat per llegir-lo sencer, no creus?

I vaig començar pel diari... Vas dubtar una miqueta, però no, pensares que no tenia cap sentit parlar-li del somni, de segur que aquella confessió hauria provocat un distanciament encara més gran entre vosaltres... Va ser en llegir-lo que vaig començar a pensar que aquell accident era absurd, que alguna cosa no hi encaixava.

Vols dir que, al diari, la teua germana parla de tot això de les drogues?

Sí, en certa forma sí que en diu alguna cosa.

Ho diu o no?

Sí...

Que Ferran es drogava?

No exactament, sinó...

Deixa't estar d'històries i parla clar.

És que no és fàcil.

Sí que ho és: dis-me què deia la teua germana i punt.

No era una cosa tan clara, ella només sospitava, havia sentit rumors per l'institut i estava preocupada per si de cas eren certs.

I tu decidires que ho eren perquè, així, ja tenies un culpable. Saps què? Allò que més em molesta és que no m'ho havies contat.

Només eren suposicions i pots estar segura que t'ho volia contar, però m'agradaria que ho comprengueres bé, no és que jo diga que Ferran i els seus amics la introduïren en un món, no sé com dir-ho, que no era el seu, però també és cert que si no haguera anat amb ells... Almenys jo ho vaig pensar, que si aquella nit no... Però, al mateix temps, si ella va pujar al cotxe aquella nit, no crec que anaren borratxos, vull dir que si ella els haguera vistos borratxos, estic segur que no hauria pujat al cotxe... Crec que no t'ho he sabut explicar bé, no sé dir-te exactament quins foren els meus pensaments, passa sovint i no voldria que ho interpretares, no sé, com si volguera donar la culpa al teu germà...

Sandra et mirava en silenci. Tu callares. No, era veritat que no havies sabut trobar les paraules adequades, et senties absolutament incapaç, no volies dir-li això, encara que les coses havien passat, més o menys, d'aquella manera, no era amb aquelles paraules com li ho havies de contar. No podies suportar la mirada de Sandra. Vas llegir una clara negativa als seus ulls: no accepte que em digues que la teua germana era perfecta i que ara estaria viva si no s'haguera fet amiga d'uns xicots imperfectes, perquè el meu germà sí que era el millor, el més gran. Vas pensar que era una rivalitat estúpida, però també que l'havies provocada, estúpidament, tu mateix.

El silenci quasi es podia palpar. Ara sonava una altra cançó al magnetòfon, una cançó alegre i moguda. I, en aquesta ocasió, la lletra s'entenia. Et vas dedicar a escoltar-la per no haver de pensar en cap altra cosa.

No vull prendre banys de sol
No vull baixar a la platja
No vull tindre bon color
No vull, no
No vull
No vull
No vull

No vull viatjar amb avió
A una illa del Carib
No vull trobar-me amb el Curro
No vull, no
No vull passar tots els dies
ensenyant fotografies
de turistes en remull
no, que no vull.

Quina merda de turisme
de turisme organitzat
caminant en fila índia
com ovelles d'un ramat

No vull, no
No vull
No vull
No vull
No, que no vull

La cançó es va acabar i, amb ella, s'acabà també la cinta. El silenci s'havia fet tan insuportable que estaves convençut que si no el trencava un dels dos, al remat us ofegaria.

Què dius de...

Perquè...

Havíeu començat a parlar els dos alhora.

Sí...

No, no, parla tu...

Aquella situació tan tensa amenaçava d'empitjorar. Hi ha poques coses que dificulten més la relació entre dues persones que l'excés de cortesia.

Mira, Ramon, és estúpid continuar així, no sé si ho comprens, però ni tan sols sé si els teus amics et diuen Ramon o Monxo, vull dir que no podem anar amb peus de plom tot el sant dia o, com li agrada dir al meu germà, agafant-nos-la amb paper de fumar, encara que jo no tinc res a agafar, supose que m'entens, per dir-ho clarament, si tu creus que la teua germana era una santa i el meu germà, Dani i Suso uns borratxos i uns drogotes que la portaren pel mal camí, com crec que creies al principi i com creus encara ara, és millor que ho digues clarament, però no em demanes que jo hi estiga d'acord, perquè et diré què pense jo i tots tan contents, si t'agrada, bé i, si no, també. I per part meua, igual, de manera que no vull que em tornes a parlar amb mitges paraules, perquè és pitjor.

Els meus amics em diuen Monxo, que és com a mi m'agrada que em diguen i com m'han dit sempre.

Molt bé, Monxo, continue sense entendre per què no vas acabar de llegir el diari de la teua germana abans de començar a remoure cap altra cosa; o, si vols que et diga clarament què pense...

Sí, vull que m'ho digues.

... Pense que no vas seguir llegint perquè no t'agradava allò que llegies i probablement, no t'agradava perquè la germana que vas descobrir al diari no era la germana santeta que tu hi volies trobar.

La vesprada, que mereixia ja el nom de nit de feia temps, s'havia tornat freda i humida. Fred i humit era també el vell local d'assajar. Però tu senties com creixia dins teu una calor que et va obligar a obrir la jaqueta, que encara duies botonada fins al coll.

Perdona que t'ho diga tan clar, però és com ho veig.

D'on et venia aquella calor? De les paraules crues i directes de Sandra? De la seua mirada, que les repetia cada vegada que tu tenies el valor suficient per a mirar-la als ulls?

Tornà a fer-s'hi el silenci, però ara sabies que només el podies trencar tu. I, com que era l'única eixida possible, havies de parlar ja, havies de trencar aquell silenci amb qualsevol frase.

Vols dir que no t'interessa seguir amb açò?

No, només vull dir això que he dit.

És a dir, que sí que vols seguir...

Seguiré. Però en què seguiré? Ja t'ho he dit abans i t'ho repetiré: jo ja sé què busque, però cada vegada sé menys què busques tu.

Per què dius això?

Que per què? Perquè em pensava que, després de la visita a la mare de Suso, de les cintes i tot això, després de la conversa amb Albert, ja no es tractava de jugar als detectius, que havies començat a abandonar la quimera aquella de la conjura i de les drogues, tan de pel·lícula.

Però, per què has pensat tot això quan anaves a posar la cinta?

No quan anava a posar la cinta, sinó quan m'has dit això de començar per l'última.

I per què quan he dit això?

Perquè jo no busque cap prova inesperada que ens ajude a descobrir un crim o una conjura de pel·lícula i em pensava que tu també ho havies oblidat ja, però quan m'has dit això he comprés que tu encara seguies a la teua, perquè, si no, per quins cinc sous hauries volgut començar per l'última cinta?

Sí, per quins cinc sous creus tu?

No, Monxo, res d'endevinalles, tu i jo sabem que és cert.

Vas comprendre que eres una finestra oberta als ulls d'aquella xica que, potser, sabien veure dins teu millor encara que tu mateix.

D'acord, sé què vols dir, però és cert que hi ha coses que no acabe de comprendre, la veritat és que encara no he descartat del tot la hipòtesi de l'accident provocat, per això encara busque algun senyal en les coses més recents, però et jure que no sé què vols dir amb això que tu ja saps què busques però encara no saps què busque jo.

Deixa-ho, vols?, si és igual...

No, no, és que m'interessa...

Vas dubtar un segon i ella ho va llegir als teus ulls, com sempre. Fora dubtes, tu també havies de ser franc.

... Ara ja no podria continuar sense tu, de manera que hem de continuar junts; jo, almenys, ho necessite.

Ella no esperava una confessió.

Sí, però, això que hi té a veure?

Té a veure amb el fet que tu has pogut saber de mi moltes més coses que jo he pogut descobrir de tu, no has de creure que jo sé tantes coses com tu creus que sé o, si vols dirho d'una altra forma, hi ha coses que puc saber, però no sé que les sé, perdona'm, però no em digues que és un joc de paraules, de vegades no sé expressar-me bé, però et jure de veritat que tracte de dir-te què pense.

No, ella no esperava una confessió. Notares que passava lentament del desconcert i de la desconfiança inicials a acceptar la teua sinceritat.

Tu creus que jo sé què busques ara i que és alguna cosa semblant a la que buscava jo o, potser, ho sé però no sé que ho sé o, almenys, no ho sé explicar. M'explique?

Va riure.

No, ja t'ho dic jo, no t'expliques una merda, i perdona la paraula, ja sé que la trobes de mal gust; però crec que t'entenc.

Sí? I em pots dir què busques tu i què hauria de buscar també jo?

Et va mirar i ara va ser amb una mirada nova, una mirada clara d'amistat o, potser, fins i tot, d'alguna cosa més que amistat.

No cal, ho descobriràs tu mateix. Només has d'acabar de llegir el diari de la teua germana, jo m'encarregaré de la resta de les notes de Ferran.

Va ser una resposta que era quasi una ordre i que no admetia discussió. Va agafar la llibreta que encara tenies a la mà i es va posar a buscar més coses dins l'armari. Una operació ràpida de la qual en fores espectador. A penes uns minuts després ja eixíeu del local d'assaig, ella, ja amb l'impermeable posat, va tancar la porta, mentre tu tancaves la bossa on havia guardat algunes llibretes, una de les camisetes serigrafiades i les cintes.

Tu creus en Déu?

Va ser també una pregunta que ella no esperava.

Com dius?

Que si creus en Déu?

Això té alguna importància?

Supose que no, si no m'ho vols dir, no m'ho digues, t'empara el teu dret constitucional, volgueres fer-te el graciós.

Caminàveu una altra vegada sota la pluja, que ara era fina, formada per gotetes molt menudes.

A casa mai no hem estat religiosos, no recorde que mon pare haja anat a missa mai, de vegades parla malament dels capellans, el seu pare, el meu avi, era republicà, li van fer el passeig quan vingué la guerra i diuen que va ser per culpa d'un capellà que el va denunciar; i ma mare només va a missa quan anem al poble, amb les amigues, de manera que, per a mi, això de Déu no és cap problema, és una cosa que no té res a veure amb mi, ni tan sols he fet la primera comunió.

No et van batejar? Després d'haver-li fet aquella pregunta et va semblar supèrflua, però ja l'havies feta.

Sí, és clar, vull dir que sé que em van batejar a Panxón, com a tots els meus germans, encara que jo no recorde quan em tiraren l'aigua, però vaig assistir al bateig de la meua germana menuda, supose que ma mare creu que això ja seria massa, però per què em preguntes tot això?

Anit vaig somiar Déu.

Ja quasi havíeu arribat a la porta de ta casa. Sandra es va parar en sec, tu parares unes passes més endavant i l'esperares.

Anit vaig somiar Déu i la meua germana, repetires.

XIII
CEL I INFERN

Havies somiat Déu i la teua germana. I vas contar a Sandra el teu somni, mentre caminàveu cap a casa. Et va escoltar en silenci, des de dins del seu impermeable enorme, mentre la pluja queia, menuda i pertinaç, sobre el teu paraigua. A penes et va mirar mentre li contaves el somni i tu tampoc no la vas mirar. Era ja de nit i el record del teu somni de sol, mar, platja i estiu era un altre somni en aquelles tenebres de pluja que combatien amb els fars dels cotxes que corrien allà lluny, fins que eixíreu a l'avinguda, sota els fanals. L'aire era una barreja d'humitat i fum dels cotxes. Mentre caminàveu per la vorera, a penes us creuàreu amb ningú, només gent fugissera que caminava de pressa.

Havíeu arribat, en silenci, a la porta de ta casa.

Sandra es va llevar la caputxa de l'impermeable. Et va mirar. Als seus ulls hi havia un cert desconcert i una certa admiració i, potser, alguna cosa més que no vas saber interpretar.

Tu sí que creus en Déu, no?

Sí.

I la teua germana també.

També.

Creus que creure en Déu ajuda quan mor algú a qui volies molt?

Ajuda? Et vas preguntar... M'ajuda ara?

T'ajuda ara? Sandra va fer, en veu alta, la mateixa pregunta. No ho sé, per a mi és normal, ja des de menut em van dir que quan algú mor va al cel, en morir els meus avis m'ho van dir; en realitat, em resulta més difícil comprendre com viuen la mort els qui no creuen en Déu.

Viure la mort; va ser una frase que et va eixir sense pensar, però sí, era una frase encertada, ajustada, els vius vivim la mort dels que moren.

I l'infern? També poden anar a l'infern, no?

Sí, també, però això no t'ho diuen mai o, si t'ho diuen, és per a evitar que peques, per aconseguir que et portes bé, que si no, pots anar a l'infern; si mors en pecat pots anar a l'infern, però no t'ho diuen mai, això, que un familiar ha mort i ha anat a l'infern.

De manera que fan trampa; quan algú mor, perquè suportes bé la mort, diuen que ha anat al cel i perquè faces allò que ells creuen que està bé i no faces allò que ells creuen que està malament, et fan entrar por, por de morir en pecat perquè aniràs a l'infern. Ho tenen ben muntat.

Si ho mirem d'aquesta forma... Però jo no crec que les coses s'hagen d'entendre com tu dius; de fet, això de l'infern m'ho han dit molt poques voltes; precisament era ma iaia la que més em deia no faces tal cosa que aniràs a l'infern, però jo ho entenia només com una frase feta.

Però tu creus en l'infern, no?

Dona... La veritat és que mai no hi he pensat seriosament; però supose que sí, que també he de creure en l'infern.

Hi has de creure, per què hi has de creure?

Vull dir que forma part, com t'ho diria?, de les coses en les quals creiem els cristians.

De manera que la teua germana podria haver anat al cel o a l'infern...

Et vas sentir incòmode. Llavors, un veí que tornava a casa et va saludar i tu li vas respondre educadament. Et va fer la impressió que, abans d'entrar a l'ascensor, mirava Sandra de reüll, amb una curiositat mal dissimulada que, des del teu punt de vista, tenia un cert matís de censura.

Mai no ho havia pensat.

De manera que tu també et fas trampa, no pots pensar, simplement, la meua germana ha mort i ha anat al cel, com fan els xiquets, has d'admetre les dues possibilitats i això és dur, molt dur.

On vols anar a parar?

Només vull deixar ben clar que és més fàcil acceptar la mort sense creure en Déu, ni en el cel ni en l'infern, així, senzillament, quan la vida acaba, els qui quedem vius només ens hem de preocupar per superar la pèrdua, per aprendre a viure sense la vida d'una altra persona que estimàvem, i això és molt dur, però em sembla que encara seria més dur haver d'afegir a aquest sofriment l'angoixa de pensar que qui ha mort també pot estar sofrint i, a més, eternament, sense poder fer res per evitar-ho. Jo, un Déu com aquest sí que no seria capaç d'acceptar-lo de cap manera.

Jo mai no he vist Déu des d'aquest punt de vista; a mi, em sembla que el Déu del qual parles és un Déu en el qual ja no creu ningú, almenys a mi, mai no m'han explicat Déu d'aquesta forma i, a més, sí que es pot fer alguna cosa: s'hi fan misses pels difunts, de manera que, si vols, sí que pots ajudar les persones a anar al cel.

Jo, això, no ho entés mai, perquè la cosa seria, com la veig jo, que qui ha estat bo, qui ha respectat els manaments i tot això i no està en pecat quan mor, va al cel; i qui ha estat un pecador o la mort l'ha sorprés en pecat, a l'infern. Per això no sé jo què podem fer els altres, no veig jo com, per més que reses, faces dir misses i tota la pesca, aconseguiràs que un pecador vaja al cel i, a més, em semblaria injust... Perquè, quina culpa té un difunt si els seus familiars són uns descreguts i no li fan cap cas després d'haver mort? Damunt que els teus familiars són uns mamons que ja te'n deuen haver fet de tots colors en vida, després de morir encara has de continuar pagant les seues culpes... De veritat que no ho entenc gens ni miqueta.

És que, a més del cel i de l'infern, hi ha el purgatori.

Ah, sí, les ànimes del purgatori; això també ho he sentit dir a ma iaia i, fins i tot ma mare ho diu de tant en tant. Ànimes del purgatori! Que, més o menys, significa: quina desgràcia més gran!

Et va provocar un mig somriure. Amb aquella expressió, Sandra va aconseguir que el tema s'apartara una miqueta de l'excés de seriositat on l'havíeu fet arribar.

Hi ha ànimes que no van ni al cel ni a l'infern i són aquestes ànimes les que poden aprofitar les nostres oracions; però, segons que tinc entés, és segur que totes les ànimes del purgatori al final aniran al cel, més prompte o més tard.

Així i tot, encara em sembla injust que tu hages de dependre de les accions dels altres per a aconseguir allò que et correspon; em sembla una injustícia.

No ho sé, potser tens raó, la veritat és que tot això mai no m'ha preocupat gran cosa.

Segurament, ara no és el moment més adequat per a discutir sobre aquestes coses i, per descomptat, jo no tinc cap intenció d'evitar que cregues o que deixes de creure...

Et va fer una miqueta de ràbia sentir-la dir això. Recordares les paraules que la teua germana havia escrit al diari sobre les seues discussions amb Ferran. Per què ells, Ferran i, ara, Sandra, estan tan segurs de posseir la veritat i de poder fer canviar l'opinió dels altres?

Ni jo pensava canviar d'idea només perquè tu m'ho digues, de seguida vas pensar que aquella afirmació era innecessàriament rotunda i vas procurar matisar-la endolcint el to de la teua veu, a mi no m'importa parlar de les meues idees amb gent que no pensa com jo.

Perdona, volia dir que, segurament, aquesta no és la millor ocasió perquè tu i jo conservem el record de dues morts molt pròximes que ens impedeix parlar serenament de la mort, ja m'entens; en aquestes circumstàncies no podem pensar com pensaríem si l'assumpte no ens afectara directament.

Amb això, hi estaves d'acord.

Me n'he d'anar. Saps una cosa? Crec que seria bo que tornares a llegir el diari de la teua germana, que acabares de llegir-lo; després, m'agradaria que em contares les teues impressions. Què et sembla?

Em sembla bé. Sandra se'n va anar. Tu no esperares l'endemà per a posar en pràctica la seua recomanació. Aquella mateixa nit vas traure el diari de la teua germana del mateix calaix on l'havies deixat i en continuares la lectura.

XIV
DIARI D'ÀNGELS (SEGONA PART)

17

Ahir va ser un dia ben fotut. Vaig haver d'eixir a la pissarra en classe de mates i no en tenia ni idea. No sé per què em vaig entossudir a triar l'opció mixta de lletres, amb les ganes que tenia de perdre de vista el rotllo de les mates. I, a més, m'ha tocat, de professora, l'elèctrica, que explica a mil per hora i no se li entén res i, com és natural, suspén per sistema el noranta per cent de la classe.

Però ja vaig dir que, en aquest diari, no parlaria de l'institut. Encara que he de reconéixer que és ben difícil. Al cap i a la fi, hi passe una gran part del meu temps i la meua vida dependrà, tant si m'agrada com si no, de les coses que siga capaç de fer entre aquelles parets. Vull dir, en realitat, que no depén només de mi, allò que més em fot és la quantitat de coses que no depenen de tu i de les quals tu sí que depens. Com ara, tindre la mala sort que et toque l'elèctrica o la bona que et toque un altre professor més accessible, més professor, vaja. Però d'aquests n'hi ha pocs.

18

Raquel ha intentat que fem les paus. M'ho ha dit Marina perquè ella no s'ha atrevit a dir-m'ho directament. Totes aquestes coses em posen nerviosa. I, Marina, també he notat que no se sentia gens còmoda fent aquell paper d'intermediària. Li he dit que, per mi, no hi havia problema. Marina m'ha preguntat què ens havia passat i li ho he explicat. La pobra Raquel, la perd la llengua tan llarga que té, m'ha dit Marina. Jo sóc més amiga de Raquel que de Marina, perquè vivim al mateix edifici i ens coneixem des que érem xiquetes. Marina, la vaig conéixer a l'institut i ens férem amigues perquè, en primer, séiem sempre juntes. Després, en segon, ja férem tot allò possible per continuar juntes. Només ens separàrem en començar tercer perquè ella, igual com Raquel, fa ciències pures. En COU, les dues van a la mateixa classe. En realitat, em cau millor Marina que Raquel, és una tia molt més legal, una persona a qui pots confiar un secret, en qui pots confiar per qualsevol cosa. Amb Raquel, has d'anar alerta. Però bé, supose que les amistats de la infantesa són una cosa que no es pot racionalitzar, les tens i en pau. En qualsevol cas, Raquel no és una mala persona, només la perd la llengua, com diu Marina.

Em vaig sincerar una miqueta amb Marina. Sobre Ferran. Només una miqueta, perquè si no sóc capaç de sincerar-me del tot amb mi mateixa, encara menys ho puc fer amb una altra persona, ni que siga una bona amiga. Ella m'ha escoltat en silenci. De vegades, les persones només necessitem això, però en unes altres ocasions necessitem algunes paraules. Supose que, en el meu cas, m'hauria agradat que Marina em diguera alguna cosa, com ara que, res, que tot això de les drogues és mentida, Ferran és un xic magnífic. Però no, ha callat, i només m'ha escoltat. De manera que Raquel se'n passa i Marina no hi arriba. O deu ser, senzillament, que, en aquestes qüestions, cadascú ha de decidir per ell mateix i l'amistat no ajuda gens.

19

Tinc una de les maquetes de Ferran i estic escoltant-la ara. Comença a agradar-me la seua música, o vull que m'agrade per ell? Recorde què em va dir quan me la deixà: t'has d'acostumar a sentir unes altres músiques. Però, si apliquem aquesta teoria radicalment, qualsevol música pot arribar a agradar-nos, amb l'única condició d'acostumar-hi la nostra oïda. De manera que, segons aquesta teoria, no hi hauria gustos musicals sinó només costums. Costums musicals, i costums literaris, i cinematogràfics o de qualsevol altra classe d'art. Perquè en els altres camps, també passaria igual. Si una s'acostuma a veure pel·lícules d'Schwarzenegger o d'Stallone, al remat li agradaran les pel·lis de forçuts. Si veu espanyolades de les que fan per la tele, li agradaran les espanyolades. I, en qüestió de música, si t'acostumes a escoltar Julio Iglesias, doncs això, fan de Julito *(o del seu fill* Enriquito, *que encara és pitjor). I, així, amb totes les altres coses.*

Però, a mi, aquesta teoria no em convenç. Tampoc no he conveçut Ferran, com és natural. Va protestar quan li la vaig explicar. Una cosa és no tancar-se a les noves propostes musicals i una altra que t'agrade qualsevol cosa que escoltes, sempre que l'escoltes moltes voltes; a mi, per més que em facen escoltar les obres completes de Cecilia en mil i una versions, no aconseguiran que m'agraden, volgué dir, més o menys. I ho va dir perquè sap que, a mi, sí que m'agraden les cançons de Cecilia, que ell diu que són coentíssimes. I què? El cas és que he de reconéixer que sí que vaig prenent el pols al rock dur que fa Capità Garfi. Però continua agradant-me més la música melòdica, inclosa Cecilia.

20

Aquesta vesprada he fet tertúlia amb les amigues. Havia de fer les paus amb Raquel. Havíem quedat per a després de les classes de repàs (les tres hem de recuperar les matemàtiques), en una cafeteria del centre. Hem pres un refrescos i hem passat dues hores parlant pels descosits. Hem parlat de quasi tot... llevat de l'assumpte de Ferran i les drogues. Sospite que ja s'ha convertit en un tema tabú entre nosaltres. Elles no en volen parlar, perquè no volen molestar-me. I jo no seré qui comence... D'altra banda, tinc la sensació que no tenim gaire coses en comú. Sobretot, Raquel i jo. Cada vegada em sembla més la típica xiqueta bé amb ganes de festejar amb un xic de bona família i sense res més al cap. Fins i tot pense que el seu únic interés per la universitat li ve perquè creu que, allà, hi ha més possibilitats de caçar un bon partit; si no, ho deixava tot. Marina és diferent, però és tan reservada que és difícil saber què pensa exactament.

Hem parlat, més que res, de sexe. No sé com ha eixit el tema, crec que hem començat parlant dels actors que més ens agradaven. Marina ha dit que Brad Pitt, jo Hugh Grant, que em va encantar en Set bodes i un funeral. *Raquel ens ha sorprés amb la seua preferència espanyola: Antonio Banderas. Ens ha dit que un amic li havia deixat un vídeo en el qual treballava ell, en una pel·li d'Almodóvar, però que no en recordava el títol. Ens ha contat que hi havia unes escenes de llit que eren una passada, va haver de veure la pel·li d'amagat, sense que ho saberen els seus pares. No és que els seus pares li ho prohibiren, sinó que a ella mateixa li feia vergonya veure-la davant d'ells. Jo he dit que, en la majoria de les pel·lícules, les escenes de llit no em semblaven reals, i va la burra de Raquel i m'amolla: però tu ho has fet o no? M'han vingut ganes de dir-li, senzillament, que a ella què li importava, però li he dit que no, que no ho havia fet mai. Ha estat una reacció automàtica, una resposta que no he pogut controlar i, després, m'ha fet molta ràbia i se'm deu haver notat, m'he sentit com si tinguera por que pensaren que jo anava pel món follant o, més concretament, com si volguera deixar clar que no em gitava amb Ferran. Que dura sona aquesta paraula,* follant, *acabe d'escriure-la i ja em fa mal als ulls, he estat a punt d'esborrar-la de seguida, però he decidit deixar-la, és la paraula adequada, la que he pensat, exactament, i la que volia dir, encara que siga una paraula ben lletja. Raquel s'ha apuntat immedi-*

atament i ha assegurat que ella tampoc, i això, encara m'ha fet més ràbia, no crec que les raons per les quals jo encara no ho he fet tinguen res a veure amb les seues. I Marina ha mantingut la seua discreció habitual però, a més, li ha passat la pilota a Raquel d'una manera molt elegant. Ha dit que, a ella, això de fer-ho o no fer-ho no li semblava una qüestió realment important; que, per a ella, era més important amb qui fer-ho i com. Aleshores, hem parlat de si era indispensable estar enamorada per a fer-ho, és a dir, no per a poder fer-ho, sinó per a voler. En aquest punt, les tres hem estat de seguida d'acord: que sí, encara que Raquel m'ha sorprés una altra vegada quan ha dit que, segons amb qui, no li importaria tant això de l'amor, i ha posat l'exemple, precisament, d'Antonio Banderas, amb ell no m'importaria gens compartir una bona refregada, ha dit, de segur que m'ensenyaria moltes coses i, després, busca qui t'ha pegat. Marina li ha contestat que això ho deia perquè sabia que no passaria mai, però que pensara sincerament si, per exemple, en el cas de trobar-se una nit, en una discoteca, un home tan atractiu com Antonio Banderas, i si tinguera l'oportunitat d'anar al llit amb ell, s'hi gitaria o no. Raquel no ha sabut què dir, només ha comentat que ho estudiaria.

Jo pense que donem massa importància al sexe. No sé si pense això per la meua educació cristiana, com em diu Ferran, jo crec que no. És evident que les idees i l'educació rebuda t'influeixen, però jo vull dir que, al marge de com enfoca el catolicisme la qüestió de la sexualitat, les persones, i sobretot la gent jove, estem tan obsessionades amb aquest tema que això no pot ser bo. Jo estic convençuda que ho hauríem d'enfocar d'una manera més natural perquè, per a mi, la qüestió no és que no s'haja de fer. Això, crec que ho tenim mal plantejat, que la cosa es converteix finalment en un assumpte de fer-ho o no fer-ho. De vegades, em fa la impressió, sobretot en certs ambients, que t'has d'avergonyir per no haver-ho fet, de la mateixa forma com, abans, era un pecat fer-ho. Això no em pareix gens bé, que no deixem que la gent decidesca al seu ritme perquè, dic jo, que això no deu ser com la primera volta que muntes en bicicleta o que aprens a nadar, o a conduir un cotxe, que se suposa que, efectivament, a partir d'una certa edat hauries d'anar practicant per a fer-ho cada volta millor. Hi ha qui entén la sexualitat de la mateixa forma, com si fóra un assumpte, no sé com dir-ho, tècnic, i des d'aquest punt de vista, és cert que caldria practicar com més millor, per tal de perfeccionar-ne la tècnica. Però jo, francament, em negue a considerar el sexe d'aquesta forma.

21

Hem planificat amb Ferran el cap de setmana. Vol que vaja amb ell a l'assaig del grup dissabte de matí. Després, a la nit, vol que quedem una altra vegada amb Dani i Suso. No em fa una gran il·lusió el pla, però li he dit que sí.

22

Escric abans d'anar-me'n de marxa. Aquest matí, he anat a l'assaig del grup de Ferran. Assagen en un local del pare d'un d'ells, a prop de Coia. Ferran ha passat a buscar-me i hem passejat fins al local. De fet, és el garatge típic, encara que bastant gran, però no és un lloc que ajude a crear un bon ambient estètic. Encara que supose que aquesta és l'estètica del rock dur. Els companys del grup de Ferran no em cauen gens bé i crec que jo, a ells, tampoc no els encante. Em deuen considerar una xiqueta bé o una cosa per l'estil. Però es nota que, a Ferran, el respecten i, com que jo vaig amb ell, passen de mi. També uns altres dos han portat les seues amigues, o alguna cosa més, no ho sé; jo tampoc no vaig d'amiga de Ferran, o potser sí. Si ho pense bé, supose que sí, que per a molta gent ja comence a ser l'amiga de

Ferran, almenys per als del seu grup és segur. Encara que no anem besant-nos ara i adés, com fan el bateria i una tal Susi, una xica que du més anells, arracades i coses que pengen de qualsevol part de les que es poden trobar en una botiga de bijuteria. Però no m'ha caigut malament només per això. Es tracta d'un sentiment mutu, una cosa com l'amor a primera vista, però a l'inrevés. Un d'ells ha fet un porro que ha començat a circular de mà en mà. Jo n'he passat i crec que aquest detall ha fet créixer la distància entre nosaltres. No és que m'importara ni poc ni massa el fet de fumar o no, però és cert que, en aquelles hores, no m'abellia. Encara que tot això són coses sencundàries. Ferran ha volgut que hi anara perquè estan fent les primeres proves amb les cançons per a la nova maqueta que preparen. He de dir que m'han semblat molt millors que les anteriors. Hi ha, sobretot, una cosa que m'agrada: Ferran treballa les lletres, intenta dir coses, no fa les cançons típiques que repeteixen sempre les mateixes frases amb rimes fàcils, com les canços de l'estiu. De les cançons que han tocat aquest matí, una denunciava la contaminació de la mar, l'altra m'ha semblat un atac al militarisme o això i la tercera era una balada d'amor que m'ha sorprés perquè no me l'esperava. Això es pot interpretar com si jo imaginara que la balada anava dedicada a mi, i sí, ho he pensat. Ferran, en canvi, no m'ha dit res, només m'ha preguntat què em semblaven, sense donar més importància a una cançó que a una altra ni fer cap referència especial a alguna d'elles.

23

Avui he decidit quedar-me a casa. Ahir vaig arribar abans de les quatre. Ferran m'acaba de tocar per anar al cine. Li he dit que no, que estic cansada i he de preparar les classes. És veritat, encara que supose que no és tota la veritat. I no és que anit passara res d'estrany; precisament, no va passar res. O, més ben dit, va passar igual que l'última vegada. Vam anar a fer-ne una i, més o menys, férem el mateix recorregut que la primera nit. Cap a la una, vaig trucar a casa, com havia quedat amb els meus pares, per evitar que es preocuparen. I una altra vegada, Ferran es va enrotllar amb no sé qui, mentre jo em quedava amb Dani i Suso. Quasi tota la nit la vaig passar parlant amb Dani. Em vaig sorprendre molt, perquè em va oferir una imatge molt diferent de la que me n'havia format. Ja no em sembla el típic fill de pare ric, encara que té algunes manies de xiquet ric, de persona a qui sempre li ho han donat tot fet. I, a més, és atractiu i alt i ell ho sap. Jo, fins ara, havia pensat que anava de castigador i no comprenia bé què feia amb ell Ferran, que és tan diferent d'ell en tantes coses, en quasi totes. Però em sembla que ja vaig comprenent alguna cosa. Anit parlàrem quasi tot el temps de qüestions, com ho diria, filosòfiques. Resulta que, encara que estudia una carrera tècnica, li encanta la filosofia i en sap moltíssimes coses. Parlàrem, sobretot, de l'existència o no existència de Déu i de la importància de la religió. Controla moltíssimes religions i coneix la Bíblia millor que jo. Ell es declara ateu i, per això, em va sorprendre encara més que sabera tantes coses de les religions. També vam parlar d'art, de cine, de música, de llibres. És un personatge molt culte, però no em va semblar gens pedant. Almenys, la sensació va ser que tinguérem una conversa molt agradable. Però allò no va impedir que em molestara amb Ferran, perquè quasi no em va fer cas en tota la nit.

24

Avui escriuré sobre dos temes a propòsit dels quals ja he escrit abans, per tal de relacionar-los. Déu i la sexualitat. D'aquestes coses, també en vaig parlar, superficialment, amb Dani, l'altra nit. Per què, en el cristianisme, la sexualitat es presenta com una cosa essencialment dolenta, com un pecat? És això cert? Per a mi no és així. Supose que jo he tingut la sort d'educar-me en un cristianisme que no s'assembla gens al cristianisme repressor del qual parla la gent. Ni a casa, ni a la parròquia. El pare Sebastià va ser el primer que em va parlar obertament de la sexualitat. A la catequesi ja en parlàvem, encara que de passada, perquè érem molt menuts. Després, en els grups de joves, férem unes quantes tertúlies sobre el tema. Per exemple, sobre la qüestió de les relacions prematrimonials. Per descomptat, no ens deien que qualsevol persona es podia gitar amb qualsevol altra només perquè sí, ni que, si tenies parella, és a dir, nuvi, allò més normal era fer l'amor abans de casar-te. La idea central era que la sexualitat havia d'anar íntimament unida a l'amor, que l'acte sexual havia de ser sempre una expressió d'estima, d'afecte, i que, en un cas així, no hi havia pecat perquè el matrimoni no és una altra cosa que la santificació de l'amor, de manera que, si hi ha amor, també hi ha matrimoni. O, almenys, jo recorde les coses així, encara que, després, la cosa es complicava, perquè d'una banda apareixia la qüestió que no tot allò que ens sembla amor al principi és amor autèntic i, de l'altra, la de la indissolubilitat del matrimoni, dues coses que, segons que jo recorde, el pare Sebastià relacionava molt bé en les seues explicacions, però que, ara, reconec que ja no veig tan clares. Perquè jo crec que una pot enamorar-se veritablement d'algú i després desenamorar-se'n i enamorar-se d'un altre i fins i tot crec que, encara que això siga més difícil, pots estar enamorada d'unes quantes persones alhora. De manera que, jo, això que l'amor autèntic és necessàriament únic i per a tota la vida, no ho tinc gens clar i, pel mateix motiu, tampoc no estic d'acord amb la idea que t'has de casar per sempre. Jo crec que el catolicisme hauria d'acceptar el divorci i, a més, crec que, finalment, l'acceptarà. Crec, fins i tot, que el mateix pare Sebastià acceptava aquesta idea, però no podia defensar-la obertament perquè ell, capellà com és, ha de respectar la doctrina oficial de l'Església. Una altra cosa és l'avortament, jo sí que estic d'acord que avortar és una forma d'assassi-

nar, encara que també, per altra banda, jo acceptaria la possibilitat d'avortar en condicions molt excepcionals, com ara si la mare pot morir o si descobreixen que el fetus té una malaltia incurable. En qualsevol cas, és un problema molt diferent al del divorci. Com això dels anticonceptius, en aquest punt sí que no puc comprendre com es pot atacar al mateix temps l'avortament i l'ús d'anticonceptius. Jo estic a favor que les parelles planifiquen els fills que volen tindre i em sembla ridícula la idea que, en els temps que corren, encara esperem els fills que «Déu ens envie». A més, que jo crec que això no ho fa ningú perquè, si no, no seria possible que la majoria dels matrimonis que van a missa cada diumenge i que, fins i tot combreguen de tant en tant, tinguen només un o dos fills i no com abans, que hi havia tantes famílies nombroses. I, per descomptat, tampoc no crec que practiquen l'abstinència sexual. De manera que, en tot això hi ha molta hipocresia, que és una de les coses que menys accepte, això sí que em sembla un pecat autèntic. Per les coses que sé, ni a l'Antic Testament, ni al Nou, hi ha cap afirmació que permeta assegurar que el cristianisme és incompatible amb el divorci i amb l'ús dels anticonceptius. No en sóc una experta, ja ho sé, però la prova és que hi ha grups de cristians, que també es basen en la Bíblia, com ara la majoria dels protestants, que sí que admeten el divorci i els anticonceptius. En aquest aspecte, estic d'acord amb ells. A més, hi ha el problema de la superpoblació i, ara, per acabar-ho d'arreglar, la sida. Atacar, en aquestes condicions, l'ús dels anticonceptius, no sé, jo quasi diria que això també és pecat. Ara que, tot això, ma mare sí que ho té ben clar. No és que parlem sovint de sexualitat, jo note que és un tema que, a pesar que ella vol fer-se la moderna, li costa de comentar, la note incòmoda. Però una de les poques coses que m'ha dit és aquesta: no tingues pressa per fer l'amor, espera a estar ben segura que estàs enamorada, i, encara així, prent-te el temps necessari perquè això no ha de ser mai l'aspecte més important en una relació de parella. Aquestes paraules foren les primeres que em va dir; després, hi va afegir: però si alguna vegada estàs decidida a fer-ho, utilitza un anticonceptiu. En resum: jo no crec que Déu ens haja donat l'instint sexual per convertir-lo, després, en matèria de pecat. De segur que això també li lleva una miqueta d'emoció a la cosa, perquè hi ha l'atracció de les coses prohibides, però no crec que la sexualitat necessite ser pecat per a ser atractiva. Bé, ara sí que em sembla que estic entrant en un territori sobre el qual encara puc dir ben poca cosa, perquè, per a parlar de tot això, crec que sí que és necessària l'experiència.

25

Ser lletja o bonica; això, crec jo, és una de les injustícies més grans que podem trobar en aquesta vida. Hi ha una companya de classe que és grossa i lletja. El seu aspecte sembla preguntar-li a la vida: per què? Jo no em considere molt bonica, però sé que no estic malament, que agrade als xics. Per a mi, això mai no ha estat una preocupació important; i no ho ha estat perquè no sóc lletja. Però avui, quan he vist la pobra xica suant davant la pissarra, roja com una tomaca i sense encertar-ne una, quan he notat les rialletes de burla dels xics, m'ha entrat una ràbia que, si arribe a tenir una metralladora, me'ls carregue allà mateix. En aquest aspecte, tampoc no comprenc què fa Déu: per què crea unes diferències tan grans entre les persones? Què hauria perdut la perfecció de la seua creació si haguera fet igual d'atractives totes les persones? Ja he dit que, per a mi, la bellesa mai no ha estat una preocupació important, i si em compare amb la pobra Ofèlia Viñas, és cert. Però he de reconéixer que no és del tot cert. Tant si ens agrada com si no, les xiques estem competint sempre i estem obligades a tindre més cura del nostre aspecte físic que no els xics. Que, per cert, també ells poden sofrir bona cosa si saben que són lletjos. O posar-se insuportables si creuen que són atractius. Però entre les dones, la qüestió de la bellesa és decisiva i és molt difícil escapar-se'n. No hi ha més que observar: allò més normal és que les més boniquetes es facen amigues i formen un grup, les menys agraciades, un altre i que les lletges vagen amb les lletges. Després tenim això d'arreglar-nos *i tota la pesca. Des del meu punt de vista, i més encara quan es tracta de dones adultes, pot arribar a ser una esclavitud. Una esclavitud de la qual jo pense fugir. Odie maquillar-me, no puc passar més de cinc minuts davant l'espill. Potser és perquè, en el fons, no m'agrade a mi mateixa. No ho sé. Però sí que sé que no vull passar una hora emprovant-me modelets, una altra a la perruqueria i una altra més arreglant-me davant l'espill per a anar a sopar, com veig que fa ma mare. I em consta que no és de les que més es preocupen per* arreglar-se.

26

Sorpresa. He rebut una trucada de Dani. M'ha dit que volia veure'm, que tenia una cosa per a mi, que era una sorpresa. He quedat amb ell en un bar de l'avinguda. Quan he arribat, ell ja m'esperava prenent una cervesa. És realment un xic atractiu. Al bar hi havia algunes companyes de l'institut i he notat com ens miraven. A mi, amb enveja. A ell, he notat com se'l menjaven amb els ulls. La sorpresa era un llibre que m'ha regalat. Un llibre amb un títol impressionant: L'Anticrist, *de Friedrich Nietzsche. Enguany haurem d'estudiar Nietzsche en filosofia, però encara no hi hem arribat. Dani diu que és el seu autor preferit. Com que l'altre dia vam estar discutint sobre filosofia i religió, vol que llegesca el llibre i li conte què m'ha semblat. Encara hem enraonat una miqueta més. M'ha preguntat per Ferran. Li he dit que avui només l'he vist, en un descans, al bar de l'institut. No sé per què, m'ha semblat que volia preguntar-me alguna altra cosa, però no ho ha fet. Ens hem dit adéu davant del seu cotxe. No és un cotxe espectacular, jo no en sé, de marques, però és un cotxe normal. Això sí, és seu, li'l va comprar el seu pare quan va aprovar la selectivitat. Això no m'ho va dir ell, m'ho van dir Ferran o Suso, no sé qui, però ell no. Ara, a la meua habitació, mire la portada del llibre que m'ha regalat Dani. Nietzsche em mira amb uns ulls terribles, sota les seues celles espesses.*

27

Avui m'he trobat amb el pare Sebastià. Feia molt de temps que no el veia ni parlava amb ell. M'ha preguntat si tenia uns minuts per a parlar i no li he pogut dir que no, encara que no m'abellia gens. Ja suposava què volia dir-me. M'ha parlat amb cautela, això és cert, i amb molt de respecte, sense voler imposar-me res. M'ha preguntat per què havia deixat d'anar a la parròquia, que m'hi trobaven a faltar. M'ha contat les activitats que estan organitzant els grups que s'han format. No m'ha dit res sobre per què no anava a missa. He estat sincera. Li he dit que la meua etapa ja havia passat, que, en les associacions, la gent s'havia de renovar i que jo, ara, estava interessada en unes altres coses. M'ha preguntat en quines, encara que de seguida ha aclarit que no volia que em prenguera allò com un interrogatori, que era una pregunta d'amic, per saber què feia, i que, per descomptat, si no li ho volia contar, que no passava res. En realitat, li he dit, no és res d'especial, i he hagut de mentir-li, no és que no tinguera un altre remei, però ho he fet, li he mentit; li he dit que ell ja sabia que el COU era un curs molt difícil i molt important, la selectivitat, l'accés a la universitat i tot això, de manera que havia decidit concentrar-me, enguany, en els estudis. Estic segura que ell s'ha adonat que li mentia, però no ha insistit. M'ha dit adéu amb una gran simpatia, com sempre. Jo m'he quedat amb un cert remordiment, amb una sensació de culpa que ni la lectura de Nietzsche m'ajuda a oblidar. «Mentre el sacerdot, aquest negador, calumniador, enverinador professional de la vida, estiga considerat com una espècie superior d'home, no hi haurà resposta a la pregunta: què és la veritat? La veritat ja s'ha tergiversat quan el seu representant és l'advocat conscient de la negació i del no-res...» Que animal és aquest Nietzsche. Jo, per descomptat, no veig el pobre pare Sebastià representat en aquest escenari.

28

No sé què em passa amb Ferran. Ell diu que vaig fugint-li. Jo li conteste que no és cert. Vols acompanyar-me al concert d'aquesta nit? He acceptat, encara no sé per què, perquè no estic gens segura que m'abellira de veritat. Vindran Dani i Suso, m'ha dit. I això, què? Li he dit, en un to desafiant que, ara que ho pense, no era gens apropiat. No res, dona, no res, he cregut que ho voldries saber, m'ha dit ell amb un mig somriure que encara m'ha fet més ràbia. Si m'haguera deixat portar pels sentiments, li hauria dit allà mateix, ara no hi vaig, ja ho saps. Però m'he mossegat la llengua mig segon abans de dir-li-ho. Estic preocupada per aquestes reaccions tan absurdes, que em recorden les típiques baralles d'enamorats que mai no he pogut suportar. Em sent completament ridícula. Però és aquest ridícul que només comprens quan ja ha passat la situació, mentre estàs dins la conversa, encara que notes que estàs a punt de caure en el ridícul, no hi ha manera de parar. Per què hem d'estar sempre enfrontats? Per què no podem seure i parlar amb tranquil·litat i clarament? Jo: no Ferran, no vaig fugint-te, però estic farta que només em faces cas quan et passa pel cap, de manera que, ara, em toca a mi. Ell: per això, ara, parles més amb Dani que amb mi. Estic segura que em volia dir això; però en compte de dir-m'ho francament, només em deia indirectes, fent aquell mig somriure.

Encara que, si m'ho arriba a dir, tampoc sé jo per on hauria eixit. Ja m'imagine clavada fins a les celles en la discussió típica de dos enamorats: mira, Ferran, jo parle amb qui em dóna la gana i tu no ets qui per a dir-me amb qui puc parlar. No ho sé, probablement és millor que tot haja quedat així, amb mitges paraules i sobreentesos.

29

Quina nit! Per on comence? Em fa la impressió que no seré capaç de reflectir per escrit tot el maremàgnum de coses que vaig viure anit. Per començar, anit em vaig emborratxar per primera vegada en la meua vida. Sempre havia pensat que sabria evitar-ho i que, si no ho feia, l'endemà tindria remordiments. Però ni he estat capaç d'evitar-ho, ni vaig voler evitar-ho, que encara és pitjor, ni tinc cap remordiment. Recorde una cosa que vaig escriure al principi d'aquest diari, una cosa per l'estil que no volia caure en la rutina que caracteritza la joventut, com ara emborratxar-me els caps de setmana. Ara hauria d'estar feta pols, perquè he acabat com tot el món, però la veritat és que no ho estic. Si deixem de banda la ressaca, que vaig passant amb café i aspirines, l'experiència va ser positiva. És a dir, que ho vaig passar molt bé. Vaig anar al concert amb la furgoneta del grup, amb l'ànim més aviat baix. Si tenim en consideració en quin punt estaven les relacions entre Ferran i jo, la veritat és que la nit prometia qualsevol cosa, llevat de passar-ho bé. En arribar a Nigrán, on havien de fer el concert, ja ens esperaven Dani i Suso. A més de la fava de Manoli, amb ells hi havia una altra xica que jo no coneixia, Isa es deia, que em va caure molt bé. Al local hi havia un ambient increïble. O, no ho sé, potser si no ho haguera passat tan bé, ara diria que tot va ser un avorriment o que només hi havia modernets i els quatre sonats de sempre, que la veritat és que són un fum. Les coses canvien molt segons com les vivim. Ferran se'n va anar amb els del grup a preparar l'actuació i jo em vaig quedar amb Dani i els altres, bevent unes cerveses. Dani estava genial, superenginyós; ara contava un parell d'acudits dels seus, ara es burlava de la pobra Manoli o treia punta a qualsevol detall, jo què sé, al pentinat d'un cambrer o a un quadre horrible que decorava el local. Amb Isa, semblaven mantenir una competència que estimulava el seu enginy, perquè ella no es quedava arrere. Isa és una companya de Dani, de la universitat. És una xica preciosa, amb uns ulls realment impressionants, encara que una miqueta pleneta per al meu gust. Vull dir que se li nota una certa tendència a fer-se grossa. Ara que ho pense, té gràcia que jo faça aquests comentaris després d'haver escrit, fa poc, tot allò de la pressió que rebem les dones per la nostra imatge. Però bé, tampoc no és cosa d'anar reprimint-me en aquest quadern; la veritat és que jo tinc el meu concepte propi de quina dona és atractiva i quina no o de quina és grossa i quina no. Jo crec que allò important és no fer-ne un motiu per a acceptar o refusar les persones. Torne al tema. Isa és una xica amb una marxa que és capaç d'organitzar, ella sola, una festa, allà on es trobe. I en companyia de Dani, resulta explosiva. No vull dir, amb això, que siguen una parella, sinó només que els dos junts són uns dimonis irresistibles. Tampoc no vull dir que no siguen parella, jo no ho sé... He estat a punt d'escriure que ni ho sé ni m'importa, però no ho he escrit. Per què escric aquest diari? Per aclarir-me, per sincerar-me amb mi mateixa, de manera que no té sentit mentir-me en aquestes pàgines. I he de reconéixer que això que estava a punt d'escriure no és cert. M'adone que, si li dedique tanta atenció a Isa i li done tantes voltes a la seua relació amb Dani és perquè hi ha alguna cosa que, fins ara, no volia veure però que, a poc a poc, he d'anar admetent. Ha estat exactament, ara mateix, mentre escrivia aquestes línies o, més exactament encara, quan estava a punt d'escriure la frase que jo mateixa he censurada, ha estat exactament en aquell moment que he vist clarament per primera vegada que passava alguna cosa. I és una cosa que hauré d'aclarir com més prompte millor. Però serà millor que torne a intentar contar què va passar. Només intentar-ho perquè va ser una barreja tan confusa de sensacions que estic segura que no sabré explicar-les totes. A més de Capità Garfi, actuava un altre grup de la mateixa corda, ja ni me'n recorde del nom. Els primers que van actuar van ser Ferran i els seus. Suso, que havia vingut sense el seu inseparable vídeo, perquè crec que tenia no sé quin problema, o que s'havia quedat sense cintes o què sé jo, va proposar que passàrem a una cosa més forta per posar-nos a to amb la música. Vam traure diners i ell i Dani anaren a comprar les begudes. Van portar cubates per a tots, alguns amb ginebra i alguns altres amb rom. L'actuació de Capità Garfi em va agradar. El so era bo i s'entenien perfectament les lletres de les cançons que cantava Ferran. I com, a més, hi havia gent del barri, amiguets i això, molts se sabien les lletres de les cançons. Quan van cantar No vull vacances, *que és una cançó amb molta marxa, tots acabàrem cantant amb ell. I ballant. Va ser massa. Van haver de repetir la cançó. Acabaren l'actuació passada la mitjanit i Ferran vingué a reunir-se amb nosaltres. Estava que no cabia dins d'ell, de satisfet... M'avisen que tinc una trucada... Era Ferran. Hem quedat d'ací a mitja hora. Demà seguiré.*

30

Les coses comencen a passar a tota velocitat. Confesse que aquest vertigen em fa sentir una miqueta de por. Encara que no sé si por és la paraula adequada. És una sensació que tu no controles la situació, que és ella qui t'arrossega però que, al mateix temps, t'abelleix deixar-te arrossegar. No saps què et passarà, de manera que tampoc no saps si serà bo. També saps que poden passar coses que no voldríem que passaren; però t'atrau, precisament, el risc. Això de no saber què passarà és justament la clau de l'atracció de la situació. De segur que estic explicant-ho malament. Per a mi, aquesta sensació és novíssima. Sempre he tractat de mantenir una certa imatge de racional, de ser una persona a qui agrada planificar les coses i tenir-ho tot controlat. I, ara, és com si descobrira dins meu un jo que desconeixia. Una Àngels a qui abelleix perdre el control, trencar la rutina, fer bogeries, coses que, si me les hagueren dites, què sé jo, fa un mes o, potser, menys, hauria dit que per res del món, que tot això ni m'abellia ni m'interessava. Què ha provocat tot això? No tinc cap resposta. Les coses han passat, estan passant i ja està. Carpe diem. *Qui m'hauria d'haver dit que jo també em deixaria véncer per aquest viure al dia que, abans, tant he criticat? I, no obstant totes aquestes coses, jo encara sóc jo. Avui no tinc més temps per a escriure. Sé que necessite escriure, espere que m'ajude a ordenar les idees, perquè ho necessite. Però aquesta vesprada he tornat a quedar amb Ferran i Dani.*

31

Què va passar la nit de divendres? Ja han passat quasi tres dies i encara no ho he assimilat del tot. Divendres i, després, dissabte i diumenge. Encara que va ser la nit de divendres el moment més descontrolat. Ferran vingué amb nosaltres després de l'actuació del seu grup. Estava que no cabia dins d'ell, com ja vaig escriure, i la primera cosa que va fer va ser convidar-nos a un altre cubata. En eixir els de l'altre grup, ell va ser el primer que va animar la gent, per escalfar l'ambient. Aquells tenien un so d'allò més brut, una cosa així com si fóra punk, o això em va semblar, encara que jo, d'això dels estils del rock no en sé gaire. Jo crec que tocaven fatal i el personatge que cantava, que era més lleig que un pecat i li faltaven no sé quantes dents, fotia uns crits criminals, escopia la gent i ens enviava a prendre pel cul ara i adés, que era l'única frase que vaig entendre. Però a ningú no li importava què deia. Tots botàvem com bojos i alguns li tornaven les salivades i els insults, al cantant. La veritat és que va ser un descontrol absolut que, si haguera estat sòbria, de segur que no ho hauria pogut resistir ni mig minut. Però jo que no bec gens, després de la cervesa i dels dos cubates, anava tan accelerada com el primer. Els del grup també havien dut alguns seguidors que agitaven el públic, a més de Ferran, que ja havia aconseguit que tots els seguidors de Capità Garfi els animaren també. I tenien una cançó supermarxosa que tots coneixien. Jo vaig acabar cantant-la també, com tots, encara que seguia sense entendre ni una paraula al cantant. Bé, més que no cantant, vaig acabar bramant «Com bota la cabra!», que era el crit que es repetia, ara i adés, en la cançó. La lletra, o la part que en vaig poder entendre, contava la història d'una lladella que anava passant d'un animal a un altre, una ovella, una cabra, una vaca, un gos, fins que es perdia entre els pèls de les parts del cantant, que per això devia fotre aquells bots, el pobre. Era una cançó d'aquestes brutes que, no sé per què, tenen tant d'èxit i que, per a mi, són com cançons infantils, que la gent escolta mentre beu o quan ha deixat el cervell dins d'un calaix. Però, siga com siga, allà que em tenies, botant com una cabra, de la mateixa forma que cent borratxos o descervellats. Qui m'ho hauria d'haver dit? Quan va acabar l'actuació, devien ser ja les dues, Ferran va ajudar a recollir les coses del seu grup, les guardaren a la furgona i se'n tornà amb nosaltres. No sé de qui va ser la idea, però al cap d'uns minuts, anàvem els sis, Dani, que conduïa, Isa, Suso, Manoli i Ferran, assegut sobre els meus genolls, camí de la platja d'Amèrica. Entre Dani i Isa van fer un calimotxo i la botella anava passant per totes les mans. Poc de temps després arribàvem a la platja. Havia estat plovent al llarg de tot el dia i, en fer-se de nit, el cel era sorprenentment ras. Hi havia lluna nova i recorde perfectament com, quan em vaig deixar caure damunt l'arena, els meus ulls s'ompliren de la bellesa d'aquell cel immensament negre i ple d'estrelles, unes estrelles que em van semblar més nombroses i rutilants que mai. I va ser aleshores que va passar. Hi vaig estar uns segons, potser uns minuts, contemplant aquella bellesa. Escoltava, al meu vol-

tant, els riures i els jocs dels altres, sobretot de l'escandalosa de Manoli. Uns segons, o potser uns minuts després, vaig notar que algú es gitava al meu costat, algú que acostava el seu cap al meu per a romandre, com jo, quiet mirant el cel. Quiet dic, perquè vaig suposar que era Ferran, encara que no vaig fer cap moviment per comprovar-ho. Al cap de pocs segons, algú més es va gitar a l'altre costat i va començar a besar-me el bescoll. És estrany, però no vaig fer res per saber qui era l'altre, i dic l'altre perquè vaig suposar que, o bé era Dani, o bé era Ferran i Dani era l'altre, el que hi havia a la meua esquerra. I l'altre, fóra qui fóra, també va començar a besar-me l'orella. I, encara que resulte més estrany, el cas és que no em vaig moure, que vaig deixar que em besaren, jo mirant el cel fosc i les estrelles que hi resplendien, gaudint aquell contacte suaument humit dels besos, que van seguir, ara sobre les meues galtes. I vaig tancar els ulls i vaig notar els dos besos sobre els meus ulls. I recorde que vaig notar una sensació que ben bé podria anomenar un plaer perfecte, un plaer tranquil, tendrament grat. M'hauria volgut quedar en aquella situació, sense moure'm, gaudint del plaer dels altres i notant com creixia el meu plaer en saber-me volguda pels dos, volguda i desitjada, però amb un desig pacient, que anava creixent molt a poc a poc, sense cap pressa, envoltant-me d'una calor que m'aïllava de la humitat de l'arena encara mullada i del fred de la nit, que em bressolava amb el ritme pròxim i perfecte de les onades. I vaig notar com em besaven els llavis i, encara sense obrir els ulls, vaig tornar els besos, mentre notava com em descordaven els botons de la jaqueta i m'apartaven el jersei i em tocaven els pits i uns altres besos buscaven el meu melic sota la camisa. I vaig notar com, al mateix temps, em descordaven també el botó del pantaló i la cremallera i vaig notar una mà que lliscava sota la bragueta i acariciava els pèls del meu pubis. I va ser aleshores que es va trencar l'encanteri perfecte. Ara, mentre escric, em sembla ridícul. Si tan perfecte era el plaer que sentia, i és així, certament, com ho recorde, per què m'incomodava que hi haguera massa cossos volent-me, besant-me, acariciant-me? Què importava si eren dos o tres? Perquè sí: allò que em va incomodar, o no sé si em va incomodar, però almenys em descentrà, va trencar aquell estat d'entrega i de complaença absoluta, allò que, com he dit abans, va trencar l'encanteri, va ser la sensació que hi havia massa mans damunt del meu cos. Massa per a ser només dos, Ferran i Dani, com jo havia imaginat i com havia acceptat de bon grat. Recorde que vaig pensar això i que aquest pensament encara em va obligar a mantenir els ulls tancats durant uns minuts més, com si no volguera mirar perquè no m'atrevia a enfrontar-me amb una realitat que trencava la imatge tan plaent que m'hi havia format. Vaig obrir els ulls quan uns llavis, que segurament no eren ja els primers que m'havien besat, van deixar de besar els meues llavis. Vaig obrir els ulls, però encara m'hi vaig haver d'acostumar a la foscor. Primer, només vaig percebre la silueta boirosa dels cossos abraçats. Després, a qui primer vaig reconéixer va ser a Isa que, de genolls i a la meua esquena, em besava l'orella esquerra i m'acariciava els cabells. Immersos en la penombra, em semblà endevinar els caps de Dani i de Ferran, els dos sobre el meu ventre, i em va semblar que s'unien i em va semblar que ells també es besaven. Vaig tornar a tancar els ulls. Va ser quasi una reacció automàtica. Ara, pense que va ser un intent de retrocedir, de tornar a aquell primer moment en què jo creia ser l'únic objecte del desig i de l'amor d'ells dos. Al principi, em vaig sentir molt malament, hauria volgut anar-me'n, desaparéixer d'aquell lloc, i m'entraren ganes de plorar. Però no ho vaig fer. M'hi vaig quedar encara immòbil durant uns minuts, amb els ulls tancats, deixant que els altres jugaren amb el meu cos, sense cap voluntat. Però res no va tornar a ser com abans. En qualsevol cas, allò no va durar gaire perquè el cel es va enfosquir del tot, les estrelles s'apagaren i va començar a ploure.

32

Després d'aquella nit, les coses mai no tornaran a ser com abans. No sé si es pot dir que hi ha experiències que tenen la virtut de transformar a qui les viu, però, per a mi, la d'aquella nit va ser una d'aquestes experiències. No és fàcil explicar-ho. Són aquestes coses que sabem o, potser, simplement les sentim, amb una certesa que, després, no ens permet trobar les paraules per a explicar-les. Sé que hi ha un fum d'idees, de creences, de sentiments que jo tenia o creia tindre i que ara ja no sé si els vull tindre o si puc continuar tenint-los o si vull continuar tenint-los. Començant per mi mateixa, per qui sóc jo, o qui creia que era jo, que ara ja no sé si sóc o no sóc, si podré seguir sent o si voldré seguir sent. He rellegit les meues últimes paraules i em semblen exagerades. Va ser tan important l'experiència de l'altra nit? No dec estar fent una muntanya d'un granet d'arena? Què va passar? Una nit de marxa, com tantes que tants i tantes viuen cada cap de setmana, més un numeret, més aviat lleuger, de carícies i besos. Per què li he de donar tanta importància? Primer, per la meua manera de reaccionar. Com ho diria? Jo vaig ser una sorpresa per a mi mateixa. Va ser com si em desdoblara en dues: una, la que jo era abans, que mirava la que era jo en aquells moments i li preguntava: com és possible que et trobes tan bé mentre dos xics et besen i acaricien el teu cos? Com és possible que t'agrade tant? I l'altra que responia que no li importava per què, que simplement li encantava sentir-se així, volguda, i que li deia, a l'altra, que callara i no li pegara la pallissa, que no li amargara aquell plaer tan gran que sentia. I per què es va sorprendre tant la primera jo mateixa? Encara que no puc estar del tot segura que el factor religiós hi tinguera alguna cosa a veure, no crec que fóra per això. O no només per això. Vull dir que no és que el meu jo religiós censurara o reprimira el meu altre jo per deixar-se besar i acariciar. (Primer havia escrit la paraula magrejar, *després l'he esborrada i he escrit* fotre mà;

després, també he esborrat això. Em sembla que deixar aquestes expressions hauria estat una manera d'acceptar que va ser una cosa dolenta, pecaminosa. Hi ha paraules que sonen a pecat.) Doncs no, no va ser perquè el meu primer jo censurara el segon per haver pecat. Era una altra cosa. La sorpresa era per la meua complaença a ser estimada per dos. La sorpresa va ser descobrir que era aquell, precisament, el meu desig, encara que fins aquell moment no m'havia atrevit a pensar-ho ni, menys encara, a dir-ho. I ara va la segona part. La sorpresa va créixer l'endemà, en descobrir que no sentia cap remordiment. Més encara, que fins i tot les coses que aquella nit havia viscut amb desconcert i disgust, ara les acceptava també sense problemes. Bé, sense problemes, sense problemes, no ho sé. Però, per descomptat, sense cap problema moral, sense que em semblara malament, sense pensar que eren coses que no s'havien de fer ni res per l'estil. Que Isa també m'haguera besat i acariciat, mentre ho feien Ferran i Dani, era una cosa que acceptava perfectament. Allò que em causava, que em causa encara problemes, era la imatge voluntàriament boirosa, deixada voluntàriament entre tenebres, de Ferran i Dani besant-se. Ho vaig veure o no? I no era cert que no era la primera vegada que ho veia? L'altra vegada em va semblar una broma de borratxos. Què passa quan es repeteix la mateixa broma? I ara ve la tercera part: també vaig començar a acceptar això. No sense problemes, per descomptat. Amb tants problemes que, encara ara, no gose d'escriure-ho amb totes les paraules. A acceptar tot això, em va ajudar molt el comportament de Ferran i Dani al llarg dels dies següents, dissabte i diumenge, que els vam passar pràcticament sencers els tres junts, amb l'inevitable Suso la vesprada de dissabte. Van estar els dos superencantadors amb mi. Pràcticament no férem una altra cosa que parlar i parlar. I riure. Vam riure moltíssim. La vesprada de dissabte, la vam passar a casa de Suso, una passada de casa, de la qual, com que sa mare quasi mai no hi està, en disposa Suso per a ell solet. Suso ens va gravar en vídeo fins que es va avorrir. Però fins i tot aquest fava comença a resultar-me simpàtic. Si no em fera por escriure-ho, diria que sóc feliç. I per què em fa por escriure-ho?

33

Reprenc el tema d'abans: per què no he de reconéixer, sense por, que sóc feliç? Estic escoltant la Suite número 3 *de Bach que em va deixar Ferran i recorde que em va dir que ell, quan la sentia, també creia en Déu. Intente aclarir les meues idees i les meues sensacions i he de reconéixer que no em resulta fàcil. Què pinta Déu en tot açò? Pinta. Déu, fins fa ben poc, significava molt en la meua vida i no sóc conscient que, a partir d'ara, haja de perdre significat. Però, és Déu, almenys el Déu en què jo creia, compatible amb la meua nova vida, i, sobretot, amb aquest sentiment de felicitat que sembla envoltar-me? De vegades pense que estic a punt de caure en una temptació, que m'autoenganye per no haver d'afrontar preguntes difícils, que em poden exigir respostes molt dures. Fa uns moments, quan he posat la música de Bach, abans de començar a escriure, he rellegit unes pàgines de* L'Anticrist, *el llibre que em regalà Dani. El Déu de Bach contra l'Anticrist de l'home del bigot gran i la mirada terrible sota les celles espesses. Llig: «Què és la felicitat? El sentiment que un poder creix, que una resistència és superada». És aquesta la meua felicitat? És aquesta la felicitat que jo busque, la que he buscat sempre? O és, simplement, la felicitat, és a dir, l'única felicitat que es pot experimentar? Però aquesta felicitat és la de l'home fort que diu el del bigot, mentre que la del cristianisme és la de la renúncia, la del sacrifici, la de l'entrega. Jo sempre he cregut en aquesta felicitat, creia que estàvem obligats a harmonitzar la nostra felicitat amb la felicitat dels altres, que jo no podia entendre la meua felicitat com la simple satisfacció del meu propi plaer, amb el menyspreu del dolor i de la infelicitat de la resta del món. Però, és possible aquesta felicitat que fa necessària, pràcticament, la felicitat universal? No estic ara egoistament dedicada al meu propi plaer i aliena a tot allò que puga passar al meu voltant? No sent que vull apartar de les meues preocupacions tot allò que puga enfosquir aquesta felicitat, com si la felicitat consistira, justament, en la satisfacció exclusiva dels meus desitjos egoistes, i com si la meua felicitat no fóra possible si no la protegira contra l'amenaça de les infelicitats que m'envolten? No em preocupa el conte del pecat de la catequesi, un conte que, cada dia més, em sembla només una coseta que conten als xiquets per fer-los entrar por i aconseguir que facen bondat. No m'interessa gens aquesta religiositat de parròquia dominical, tan plena d'hipocresies. És possible que no haja pogut deixar a banda les velles idees rebudes sobre el pecat, però crec que ara mateix podria, no gose escriure-ho, podria estimar físicament tant Ferran com Dani, podria fer l'amor amb els dos sense que això em provocara l'angoixa que se suposa que ha de provocar el pecat. Per què Déu s'hauria de moltestar pel fet que una dona i dos homes s'estimaren? Cada vegada accepte menys aquesta obstinació d'un cert cristianisme per revestir de pecat i de prohibició tot allò relacionat amb l'amor físic. No és que ara siga partidària de l'amor lliure. Encara tinc molts dubtes en aquest aspecte. Per exemple, en relació amb Ferran i amb Dani. No tinc les coses gens clares. Quan he escrit això d'estimar-los, el boli tremolava en la meua mà. En el fons, continue pensant que això no pot funcionar. I, a més, tinc por; una por imprecisa, però que puc notar. Després de la nit de divendres no hem tornat a parlar d'allò que va passar a la platja. Però jo sé que, com a mi, aquella experiència els ha canviat. No de la mateixa forma que a mi, però note que han canviat respecte a mi, en la forma de tractar-me i en la forma de tractar-se ells mateixos, quan estem junts. Però bé, això és una altra història. Ara tractava d'aclarir un altre assumpte. No sóc capaç de viure sense mala consciència la idea que la meua felicitat està convertint-se en un sentiment inevitablement egoista perquè exigeix la màxima entrega i una complaença absoluta i no accepta res que li puga resultar molest. És aquesta temptació de viure al dia, de viure cada segon intensament i oblidar-me de tot. En aquest aspecte, continue sent cristiana, com sol dir-me Dani, mig en broma. Puc viure intensament el present i submergir-me en el plaer d'un instant. Però sé que, després, em preguntaré si tinc dret a aquest plaer mentre hi ha tanta gent al món que ni tan sols pot assegurar-se un tros de pa per a no morir de fam. Sé que això recorda el Déu dels pobres i dels dèbils, que tant molesta Nietzsche. Bé, jo continue creient en aquest Déu. I no m'acaba de convéncer Nietzsche, que, al cap i a la fi, agradava molt als nazis.*

34

Les experiències del cap de setmana m'havien fet oblidar que el curs segueix i l'elèctrica és una amenaça permanent. Tot això del carpe diem *i de viure el present, i els meus dubtes de consciència han de deixar lloc a coses molt més prosaiques: demà tinc un examen de mates i m'hi jugue el curs. De manera que avui, s'ha acabat el diari, que he de preparar l'examen.*

35

Fatal, l'examen em va eixir fatal. Era previsible. Pensar que podia preparar l'examen en una nit només ho podia creure la meua part incorregiblement optimista, que quasi sempre aconsegueix silenciar la meua altra part pessimista. Llàstima que la majoria de voltes, la més realista siga l'última. Estava tan ocupada a sentir-me feliç, a autoanalitzar-me i tot això, que vaig oblidar que la vida continuava al meu voltant, no només en forma de xiquets famolencs, pobres, marginats, de contamina-

ció, de guerres injustes i de països oprimits, sinó també en la forma, per a mi molt més directament amenaçadora, dels exàmens i els suspensos. Ferran, en canvi, en va eixir molt content, de l'examen. Encara que va a una altra classe, els exàmens quasi sempre els fem junts, perquè, a ell, també li fa classe l'elèctrica. Quan em va veure com de deprimida m'havia quedat perquè l'examen m'havia eixit molt malament, es va posar a fer-me bromes i carantoines. Em va fer riure, però no em va llevar la depre. Encara que no vulga donar importància a les classes i als aprovats, la veritat és que no em fa gens de gràcia la perspectiva de passar un altre any a l'institut. Després d'aquest nou suspens, perquè estic pràcticament segura que vaig suspendre, ho tindré molt difícil per a passar la selectivitat. Avui no tinc el cos gens marxós.

36

Anit va ser una nit tranquil·la. A la vesprada, ja quasi de nit fosca, vaig passar pel local d'assaig, on havia quedat amb Ferran. Hi havia també la seua germana, de nom Sandra, que em va caure molt bé. No és gaire parladora, o almenys no estava molt parladora aquesta vesprada, però per la breu conversa que hem mantigut, m'ha fet molt bona impressió. No té res a veure amb la penya de les xiques dels altres membres de la banda, amb les quals, com em passa amb ells, no he congeniat. Avui tenen un concert lluny de Vigo, a O Carballiño. Ferran volia que els hi acompanyara, però li he dit que no, que m'estimava més quedar-me. Li he posat l'excusa que no em puc despistar més en els estudis, que m'he de posar a pegar durament a les mates. Per una part és cert, però la veritat és que no m'abelleix gens escoltar-los una altra vegada. A la marxa que porte, acabaré ben farta de Capità Garfi. M'estime més administrar millor les audicions. És curiós: per tal d'aconseguir que començara a agradar-me la seua música vaig haver d'acos-

tumar-hi l'oïda a força de sentir-los sovint; però ara, tanta repetició al remat em cansa. De manera que el gust es pot educar per la repetició, però la repetició també pot generar disgust. El cas és que li vaig dir que no. Encara que també hi poden haver unes altres raons. Per exemple, que Dani tampoc no hi anava. Ens vam veure anit. Havíem quedat per a sopar uns entrepans al carrer de Venezuela i després vam anar a beure unes cerveses al Puf! del carrer del Placer. Jo ja havia quedat abans, amb Ferran, que no l'acompanyaria, de manera que no és que no hi volguera anar perquè no hi anava Dani. Però em va preguntar si canviaria d'opinió en el cas que ell hi anara i em demanara que els acompanyara. M'he clavat en un bon embolic.

37

Són les set de la vesprada de diumenge i espere que sone el telèfon. Avui no pensava escriure res al diari. Res de res. Però com que el telèfon no sona, no tinc ganes de fer cap altra cosa. He intentat estudiar, però els nombres m'han semblat més indesxifrables que mai. He obert una novel·la i era com si intentara llegir un manuscrit en arameu. He posat un disc de Pablo Milanés i l'he hagut de llevar a la segona cançó d'amor. Ara escolte Bach, una altra vegada Bach, sembla que és l'única música que es pot escoltar en qualsevol estat d'ànim. I Bach m'ha dut a L'Anticrist, *com l'altre dia. Però el llibre de Nietzsche l'he hagut de tancar. No perquè no hi entenguera res, que és cert, però no ha estat per això que l'he hagut de tancar. Ha estat perquè... Han trucat per telèfon. He volgut anar corrent a despenjar el telèfon, però no he pogut, m'he quedat clavada a la cadira. He esperat que m'avisaren, que em digueren que era per a mi, encara que jo n'estava segura. I era per a mi. Però no era la trucada que jo esperava. Era Ferran. M'ha contat que els havia anat molt bé a O Carballiño. M'he alegrat per ell. M'ha demanat que eixírem aquesta nit a celebrar-ho. Li he dit que no, que no em trobava bé, que ja ens veuríem dilluns a l'institut. Fava, més que fava. Llàstima, m'ha dit, estic amb Dani i volíem eixir els tres junts. Fava, infeliç, idiota. He consultat el diccionari de sinònims per veure tots els d'imbècil: cretina, nícia, idiota, estúpida, ximple, toixa... Dani estava amb ell. Tota la vesprada esperant que em trucara, tota la vesprada comptant els minuts, els segons que faltaven per a tornar amb ell i dic que em trobe malament, sense pensar que Dani devia estar amb Ferran. No li podia dir, després, ah, si estàs amb Dani ja no em trobe malament, ja m'ha passat tot i ens podem veure de seguida. Però li ho havia de dir. Més tard o més prompte li ho havia de dir. Li ho hauria dit Dani? Li ho diria aquesta nit? No sé com podré estar ací tancada, com podré passar tantes hores sense tornar a veure'l. Em sent incapaç. Les idees corren pel meu cap molt més de pressa que la meua capacitat per a posar-les sobre el paper. No sé si són idees. Les sensacions, els sentiments. Hauria d'anar-me'n a buscar-los. Sé on deuen estar. I encara que no ho sabera. Hauria de recórrer tota la ciutat fins a trobar-los, fins a trobar Dani. Què m'importa què pense o què senta Ferran? Bé, sí que m'importa, la veritat és que m'importa. També el vull, continue volent-lo encara que ara ja sé que no el vull com pensava abans. Per això no vull ferir-lo. Però, per què estic tan segura que el feriré? No era ell qui sempre deia que havíem de ser sincers, que en l'amor estava tot permés, llevat de la mentida? No era ell qui reia dels prejudicis i de la concepció burgesa de la parella possessiva. Poster no es tracta d'ell, sinó de mi. Sóc jo qui no gosa mirar-lo a la cara, sóc jo qui sent que no podria estar amb Dani com a mi m'agradaria, com desitge, com mor per estar-hi, si Ferran estava també amb nosaltres. Per això no comprenc per què Dani no m'ha trucat abans. Per què ha quedat amb Ferran abans que amb mi. No puc seguir escrivint. No vull seguir escrivint.*

38

Vaig suspendre les mates, com suposava. Però ja no és només aquesta la causa de la meua depre. Dani no em truca. Cada vegada que sona el telèfon, ja ni dissimule i córrec a despenjar-lo. És mon pare, que ens avisa que tornarà tard a casa, o algú que vol parlar amb ma mare. De vegades és Ferran. Crec que ja sospita alguna cosa. Per la forma com hem parlat aquest matí, a l'institut, Dani no li deu haver dit res; però, a mi, m'ha vist vindre a la primera. No li he dit res, no he pogut. No sé si podré. I, a més, ja no sé ben bé què li he de dir, perquè no entenc el silenci de Dani. Per què no em telefona? Deu creure que ho faré jo? Li hauria de telefonar? No, jo sé que no puc ni dec trucar-li. Vull, vull fer-ho, això sí. Vull telefonar-li i veure'l. Necessite veure'l. Ho necessite com necessitem un got d'aigua fresca un dia d'estiu. En tinc set. Quasi em fa vergonya escriure açò, em sona inevitablement melindrós, però, al mateix temps, m'agradaria robar tots els versos dels poemes d'amor i posar-me a copiar-los. Mai no havia pensat que es podia sofrir tant per amor. Ara sí que estic enamorada. Ho sé i comprenc com estava d'equivocada quan em pensava que m'havia enamorat de Ferran. Pobre Ferran. Crec que haurà de passar de la teoria a la pràctica. Perquè jo tinc molt clar que ell sí que està enamorat de mi. Més que jo mateixa no suposava al principi. Potser, fins i tot, més que ell no s'imagina. Com poden canviar els sentiments tan de pressa? Fa només uns dies, jo em pensava que podia compartir l'amor dels dos, de Dani i de Ferran. Però va ser prou passar una nit sola amb Dani per a comprendre que allò només va ser una conseqüència de la beguda. Bonica, sí, una experiència de la qual no em penedesc i que tornaria a repetir. Però ara sé que no tenia res a veure amb l'amor. Té a veure amb l'estima, això sí; perquè si jo no estimara Ferran tampoc no hauria acceptat que em besara i m'acariciara d'aquella manera. Però mai, ni tan sols quan pensava que més enamorada estava d'ell, no he arribat a sentir açò que ara sent per Dani. Ni a sofrir com estic sofrint per culpa seua. Per què no em truca? Per què?

39

No truca, no telefona. I jo tampoc no gose trucar-li. Sé que no podré esperar ni un dia més. Si no truca avui, si no em telefona aquesta nit, ho faré jo. Com que li pegue tantes voltes al tema, se m'acudeixen les coses més increïbles, de les més senzilles a les més complicades. Que no truca perquè creu que estic molesta, per exemple. Molesta per què? Per tot això del meu cristianisme, perquè creu que dec estar acusant-lo, que he pecat per culpa seua. Déu, Déu, però no li vaig dir més de mil voltes que, per a mi, no podia ser pecat estimar? Però si és al contrari: sé que Déu existeix perquè l'amor és absolutament meravellós. Com podria Déu crear una cosa tan extraordinàriament bella per a prohibir-la després? Però és possible que Dani pense això i no gose telefonar-me. Pot ser que ho pense perquè diumenge els vaig dir que em trobava malament i no tenia ganes d'eixir. Pot ser que crega que Ferran em va dir des del principi que estaven els dos junts i que pense que jo no vaig voler eixir precisament per no veure'l. Pot ser que pense que encara estic enamorada de Ferran i que, per a mi, allò de dissabte va ser un error, un episodi que vull oblidar. O pot ser que la seua amistat amb Ferran el faça sentir com un traïdor, que crega que no ens hem de veure mai més per no fer mal a Ferran o, almenys, que no ens hem de veure a soles per evitar que ens torne a passar igual. De totes, és aquesta hipòtesi la que em sembla més possible. Sí, ha de ser això. I si no és això, hauria de prendre jo la iniciativa. Li trucaré. Telefonaré aquesta mateixa nit.

40

He passat la nit plorant. Em dic que no puc seguir així, que no m'ho puc permetre. Em dic que ningú, ningú del món, no mereix ni una sola de les meues llàgrimes, que cap home del món no mereix una sola llàgrima d'una dona enamorada. Em dic tot això i quan ho escric sobre el paper i ho torne a llegir em fa mal als ulls, perquè és com una frase ridícula de telenovel·la o, encara pitjor, d'aquells horribles programes de televisió en els quals les persones comenten sense cap vergonya les seues desgràcies amoroses. Com puc haver arribat a aquest estat? Anit no vaig ser capaç d'escriure res. En realitat, no vaig ser capaç de fer res de profit en tot el sant dia. Ni tan sols sé com vaig poder anar a l'institut, com vaig poder parlar amb els companys de classe, amb les amigues, amb Ferran. Tots s'adonaren que em passava alguna cosa, encara que, llevat de Ferran, ningú no té ni la més remota idea de què va la cosa. I fins i tot Ferran no deu estar cert de res, només s'ho pot imaginar. I avui continue igual. Igual, encara que he decidit fer un esforç i escriure. Escriure. Vomitar-ho tot sobre el paper i veure si el fet de buidar-me em beneficia.

Quan, la nit de dimarts, vaig telefonar a Dani, va agafar el telèfon una dona, no sé si devia ser sa mare a alguna criada. Vaig preguntar per ell i em va dir que esperara. La dona tornà al telèfon poc després i em va dir que Dani estava estudiant i que no podia ser molestat. Vaig insistir, li vaig pregar que li diguera que era Àngels qui preguntava per ell. Menys de mig minut després, la veu de la dona em va dir que el mateix Dani li havia dit que no es podia posar al telèfon, que fins al cap de setmana no volia saber res de ningú. Em vaig quedar de pedra. Ja feia, com a mínim, tres o quatre minuts que la dona havia penjat el telèfon i jo encara continuava tenint l'aparell a la mà, com una estàtua, que qui m'haguera vist hauria pensat que m'havia entrat un mal. I me n'havia entrat un, i ben fort. Va ser una autèntica punyalada. Com era possible que la mateixa persona que m'havia fet l'amor feia només tres dies, la mateixa persona que es va mostrar tan apassionada amb mi com jo amb ell, com era possible que la mateixa persona fóra capaç de manar que em digueren allò, després de dos llarguíssims dies de silenci? Definitivament, no puc entendre res. A què juga? A què jugues, Dani? Em sembla impossible que puga estar tan equivocada amb tu. Ha d'haver-hi alguna cosa que se m'escapa, alguna cosa que explique aquesta endevinalla tan enrevessada.

Repasse els últims dies. Repasse la vesprada de dissabte, repasse la nit que vaig viure com un moment tan intens, tan perfecte que vaig arribar a pensar que només podia ser l'inici d'aquell amor que tots esperem, fins i tot sense buscar-lo. Va ser ell, Dani, qui va trucar aquella vesprada per a proposar-me que férem una volta amb el seu cotxe, sense rumb. Vam anar a Pontevedra i passejàrem pels carrers de la ciutat vella. Vam prendre uns vins i uns caragolets en una taverna. Vam riure de la meua poca perícia per enganxar la molla dels caragols. Sempre se'm trencaven i se me'n quedava més de la meitat dins la closca. Vam resseguir la costa fins a la platja de La Lanzada. Hi baixàrem i vam córrer per l'arena, sense que ens importara gens el vent fort i fred. Un vent que aixecava unes onades enormes dins la mar, les quals, en esclatar contra les roques, feien un soroll que, a mi, em semblava música. Corríem: ell em perseguia o jo el perseguia a ell. Si quéiem, ens rebolcàvem per l'arena, units en unes abraçades que jo sentia cada vegada més pròximes, com si, en anar repetint els jocs i les abraçades, ens despullàrem de la roba d'hivern que portàvem. Ens besàrem, primer llargament i d'una forma molt dolça. Després, amb la mateixa força que el vent i la mar. Dolça i salvatge. Besos que tenien el sabor salat de les ones de la mar. Tantes i tantes vegades. Ni tan sols sóc capaç de recordar-ho, d'escriure-ho. Però ho vull fer, encara que em dolga. O, més ben dit, perquè em dolga, perquè el dolor de la memòria escrita d'un goig tan gran calme aquest dolor d'ara, que no sóc capaç d'explicar-me. Vam tornar al cotxe i continuà-

rem besant-nos i acariciant-nos. Era ja de nit i no hi havia cap altre cotxe a prop de la platja. Sentíem com passaven els cotxes per la carretera pròxima i els seus fars il·luminaven amb ràfegues ràpides les nostres cares. Déu que em perdone, com de preciós va ser. Em semblava un somni estar amb ell al costat de la mar, mentre el vent i les ones apagaven els sorolls sobtats dels cotxes, sentint com els seus dits finíssims aprenien a reconéixer el meu cos amb carícies cada vegada més hàbils, però sempre delicades. Amb la seua cara, Déu que em perdone, la seua cara d'àngel bellíssim, que il·luminaven els llampecs dels fars. Em semblava un somni, sí, però jo estava en braços de Dani, el xic més atractiu de tots els que he conegut, el meu xic, a qui m'entregava perquè el volia i perquè jo notava que ell també em volia. Fer l'amor amb ell, al seient posterior del cotxe, no ho vaig viure com una cosa bruta o incòmoda, sinó com una experiència perfecta. Sí, perfecta, tan perfecta que encara ara m'estranya, perquè havia sentit a dir que la primera vegada sempre ix malament. Que fa mal i tot això. Però no, tot va anar passant sense cap brusquedat, com si cada moviment dels nostres cossos fóra el resultat inevitable d'un impuls interior, intel·ligent i amable, que ens guiava sense cap violència, com el complement exacte de l'amor que jo sentia dins meu. Per això no parle d'una experiència perfecta en el sentit físic. Vaig sentir, sí, un gran plaer físic, però tinc la convicció que no naixia, principalment, de l'acció dels nostres cossos, encara que, ara, jo haja d'anotar una certa estranyesa que, en aquell moment, ni vaig sentir ni hauria pogut sentir, per l'habilitat que demostrà Dani en les tècniques amatòries. No és que em preocupe o que em cause enuig el fet de saber que no era la primera vegada que Dani feia l'amor. Sé perfectament que, si ell em cridara, esgarraria aquest full en mil miquetes, tiraria aquest diari i em deixaria caure als seus braços, sense que m'importara gens si ha estat amb una o amb mil dones. La veritat és que jo, al marge de la seua habilitat, vaig sentir nàixer el plaer més des del meu interior que no des del contacte físic. Ni tan sols sabria dir si vaig arribar a tindre un orgasme. No hi va haver un moment de màxima intensitat, sinó que tot va anar passant a mesura que s'acumulaven i creixien les sensacions. Fins i tot en els moments en què, inevitablement, l'encant de la passió es trenca, com ara quan la sivella de la corretja no vol obrir-se o els pantalons i les bragues o els seus calçotets, s'enrotllen pels peus o, sobretot, quan Dani va interrompre la nostra abraçada per a posar-se el preservatiu, fins i tot en aquestes ocasions, les rialles van substituir les carícies de les mans inexpertes que s'ocupaven d'aquelles maniobres i alimentaren nous besos. Tot, tot va ser absolutament perfecte. Després, vaig deixar caure el meu cap sobre el pit fort de Dani i m'hi vaig endormiscar mentre el seu cor marcava el ritme dels meus somnis. Ens havíem quedat pràcticament nus, però ni tan sols sentíem la necessitat de posar la calefacció del cotxe, ni tampoc cap temor pudorós a ser descoberts per algun viatger curiós. Només en endormiscar-nos vaig notar una miqueta de fred i vaig cobrir els nostres cossos amb els abrics. Dani dormia. Jo vaig aproximar els meus llavis a la seua orella i hi vaig murmurar: t'estime, t'estime, t'estime. Ell encara va continuar dormint una miqueta, jo seguia amb el cap sobre el seu pit... Per primera vegada m'adone que no sé si el vaig sentir dir-me alguna volta «t'estime». Em va dir moltes paraules boniques, però no estic segura que em diguera que em volia. No. Estic quasi completament segura que no m'ho va dir. Tampoc quan, abans de tornar-me'n a casa, vam parar a menjar alguna cosa en un restaurant de l'autopista. No, Dani encara no m'ha dit mai «t'estime».

41

Ferran vol que isca amb ell aquesta nit. Li he dit que sí. No m'ha dit res de Dani. No sé si apareixerà o si no apareixerà. No sé ja si vull o no vull que aparega. No, no, és mentida. Vull que aparega, necessite que aparega. Vull veure'l encara que només siga un minut. Encara que ell, realment, no vulga veure'm. Jo sí que vull veure'l. Dani, Dani, per què em fas tot açò?

42

No va aparéixer. Va ser una nit horrorosa perquè la vaig passar, sencera, amb els col·legues del grup de Ferran. I amb les seues amigues, totes arreglades com si foren punks de catàleg. Ho sent, però no puc suportar-les. Ni elles a mi, tampoc. Ho sé molt bé, encara que anit van ser d'allò més delicades amb mi. Supose que Ferran els degué dir alguna cosa i tots em tractaren amb uns miraments que crec que se'n passaren una miqueta i tot, amb tanta amabilitat. Realment, Ferran es porta tan bé amb mi que fa que em trobe pitjor cada dia. Em pregunte mil voltes al dia com he pogut desenamorar-me'n tan de pressa, pràcticament d'avui per demà, i com he pogut enamorar-me tan ràpidament de Dani. És sempre així, l'amor? Un arravatament boig que ens arrossega i contra el qual no podem fer res. És així? Em pregunte si, al cap i a la fi, tot el meu enamorament sobtat per Dani no es deu poder explicar de la manera més senzilla, més enutjosament vulgar: simplement perquè està bo, perquè està boníssim. I ho vull escriure així, amb la mateixa vulgaritat. He anat a enamorar-me com una estúpida d'un maniquí, d'un modelet, i no hi ha més a dir. Després, naturalment, em dic que no, recorde la conversa sobre filosofia, el llibre de Nietzsche, aquell dissabte que passàrem a casa Suso. Però també em dic que, en aquest aspecte, Ferran és mil voltes més interessant que ell. I, a més, jo tinc més coses en comú amb Ferran que no amb Dani. Al marge de les seues idees religioses, Ferran és una persona preocupada pels altres, compromesa, simplement bona, mentre que Dani mai no dissimula el seu egoisme de xiquet ric i satisfet, fins i tot li agrada exhibir-lo i buscar-li justificacions filosòfiques, això sí, molt ben argumentades, que si Nietzsche i tota la pesca. De manera que, per què li he de donar tantes voltes, m'he enamorat com una estúpida d'un maniquí. I no he sabut desenamorar-me'n. Continue esperant que aparega qualsevol nit per qualsevol lloc, en girar un cantó, al bar on solem anar a fer-ne una. O aquesta vesprada, al concert que Capità Garfi farà a Calvario. Li he dit, a Ferran, que hi aniria i sé que, també en aquesta ocasió, hi aniré perquè espere que ell vinga.

43

No hi va aparéixer. Però qui vingué va ser Isa, amb Suso i Manoli. Em vaig enganxar a ells com una paparra. Només esperava que feren algun comentari sobre Dani. Però no en feren cap. Era com si un pacte tàcit els obligara a no pronunciar el seu nom. Absurd. Era molt més lògic que jo mateixa preguntara: i Dani, que no ha de vindre? Si no tinguera el problema que tinc, els ho hauria preguntat, era normal. De fet, devia ser la primera vegada que veia Suso sense Dani. Em moria per preguntar, però no vaig dir res, vaig callar. En un descans de l'actuació, Isa em va proposar que l'acompanyara al servei. Em va fer entrar amb ella en un dels vàters. Va encendre tranquil·lament un cigarret i em va dir: contam què et passa. I, sense deixar-me respondre, hi va afegir: és per Dani, veritat? No vaig saber què dir. Tros de cabró, fill d'una puta. Això mateix va dir, amb totes les lletres. Jo em pensava que eixies amb Ferran, digué. Eixíem, sí, li vaig dir jo, encara no sé com va passar, ni tan sols li ho he dit a Ferran. No li digues res, va continuar, torna amb Ferran i oblida Dani, Ferran val mil vegades més, com a home i com a persona, fes-me cas. Tu ixes amb Dani?, li vaig preguntar. Va somriure. Totes eixim amb Dani i ninguna no ix amb ell, comprens? No, no ho comprenia. Amb un to que em va semblar innecessàriament, insuportablement cru, em va fer aquesta pregunta: Heu follat? No sé ni com, sense aixecar el cap, sense mirar-la als ulls, vaig assentir amb un moviment de cap. Aleshores m'ho va explicar. Em va dir que Dani era un Don Joan, un professional de la conquesta. Me'l va pintar d'una manera molt desagradable. Va dir que no podia passar més d'una setmana sense fer una conquesta i que mai no passava més d'una nit amb la mateixa xica. Que aquella manera d'actuar era marca de la casa. Un rebolcó i ja està, foren les paraules d'Isa, perquè, a més, al llarg de cada nit mai no en pega més d'un, però, això sí, quin rebolcó, una correguda galàctica, no és estrany que ens deixe tan descentrades. Ho va dir així, amb tan poca delicadesa que em va fer sentir vergonya, una vergonya tan viva que se'm devia notar a la cara. Sí, a mi també m'ha passat per la pedra, no te n'ha de fer vergonya, som un col·lectiu molt nombrós i divers, et sorprendries si saberes els noms de moltes de les que comparteixen amb nosaltres un honor tan gran. Hi va haver un silenci espés com l'aire d'aquell habitacle tancat. I tu com ho saps? Li vaig poder preguntar. Va tornar a somriure. Jo sóc una de les confidents del nostre Don Joan, tots els conquistadors necessiten airejar els seus èxits, contar a algú les seues conquestes, Suso i Ferran són els seus confidents habituals, jo sóc la dels casos excepcionals. Isa va veure la pregunta reflectida en la meua cara: quins casos excepcionals? Per exemple, tu; a Ferran, no li podia dir que s'ho ha muntat amb tu, com no li va contar a Suso què va fer amb la pobreta de Manoli i... Isa va dubtar, vaig notar com s'esforçava a prendre una decisió enèrgica, com, amb una ràbia mal continguda, va dir: i amb sa mare. Jo, al principi, no ho acabava d'entendre. Sí, va dir Isa, una de les conquestes de Dani va ser la mare de Suso, però això només m'ho va contar a mi, com estic segura que, d'ací a poc de temps, em contarà la teua aventura. De fet, no entenc com no m'ho ha contat encara, generalment no deixa passar ni un dia sense contar-ho a algú. Jo em vaig notar marejada. Les pudors concentrades en aquell lloc on es mesclaven el fum del tabac, els perfums barats i la sentor pròpia de les restes orgàniques que els descurats aparells higiènics a penes podien eliminar, reforçaven el meu malestar. Isa va tirar el cigarret a terra, va obrir la porta i m'agafà del braç. Vam eixir dels serveis. Capità Garfi havia reiniciat l'actuació. Encara que no hi havia gaire gent, n'hi havia prou perquè l'ambient del local, que a penes tenia ventilació, s'haguera carregat i escalfat. En les meues condicions, m'ofegava en aquell antre. Eixim una miqueta, vaig sentir que deien. Sense deixar de conduir-me, ben agafada del braç, Isa em va fer eixir. Plovia i jo vaig rebre l'aigua freda de la pluja amb agraïment. Isa va obrir un paraigua i ens posàrem a caminar en direcció a Urzaiz. Per què m'has contat tot això? Li vaig preguntar, quan ja havíem fet una llarga caminada en silenci. Perquè les malalties greus només les pot guarir un tractament radical, necessitaves saber qui és realment Dani per a trencar l'encís que t'empresona. Hi ha una cosa que no comprenc, li vaig dir, si tu ets una de les seues víctimes, per dir-ho d'alguna manera, per què ets la seua confident? Isa no va respondre immediatament la pregunta. La veritat és que no sé com ho suporte, va dir, dec ser masoca o, potser, aquesta siga l'única forma que tinc d'estar a prop d'ell. Va deixar de mirar-me, tenia la mirada perduda al cap del carrer i es va posar a caminar fent unes gambades brusques i llargues que jo, subjectada encara del seu braç, a penes podia seguir. La vaig obligar a parar. Li vaig fer una altra pregunta: encara estàs enamorada d'ell?

44

Ahir no vaig poder escriure més. No perquè no tinguera temps. Mai no havia pensat que escriure fóra una experiència tan esgotadora. Avui ja no vull seguir intentant reproduir el diàleg amb Isa. No sé per què li vaig fer aquella pregunta si en sabia perfectament la resposta. I Isa sabia que jo ho sabia. Quina dona, Isa. Cada vegada l'admire més. Encara que no siga capaç d'entendre del tot les seues relacions amb... No vull tornar a escriure el seu nom mai més. No vull seguir escrivint... No vull, no vull. Des de fa dies, que només sé no voler. Però tampoc no vull aquest no voler. Tinc por que aquesta ferida em deixe una mala cicatriu. Por de no poder tornar a voler, de no saber voler com volia abans. Fins i tot a casa, els meus pares i el meu germà em noten estranya. Ai, pobre Monxo, com l'he oblidat durant tot aquest temps, com d'oblidat el tinc, encara ara. Deu ser la primera vegada que parle d'ell en aquest diari, o no, potser és la segona. Deu estar preguntant-se què m'ha passat que m'ha fet canviar tant. També jo m'ho pregunte. Canviem, però no som nosaltres qui canviem. O sí, som nosaltres, sóc jo qui canvia però jo sóc tants jo, i n'hi ha, dins meu, tants jo que els meus altres jo, que abans tan bé coneixien, ni tan sols saben d'on vénen, ni com naixen ni per què... De manera que només queden les preguntes.

45

Avui hi ha hagut una moguda grossa a l'institut. Ho necessitava. Per primera vegada he aconseguit obrir-me, eixir-me'n dels meus problemes. Convocatòria de vaga i de mani per demà. Ferran és un dels organitzadors. Jo sempre m'he mostrat molt escèptica amb tot això de les vagues, crec que la majoria hi participa només per fer festa, sense saber ni tan sols qui les convoca ni per quin motiu. Un dia sense classes i ja està. A més, crec també que sovint no serveixen per a res, precisament perquè no ens les prenem seriosament i, en conseqüència, la Conselleria, o el MEC o qui siga, tampoc no ens prenen seriosament. Per això, jo sempre he procurat informar-me'n i he demanat a la gent que s'informara. I que es prengueren les decisions sabent per què es feia cada cosa i fer-les a consciència, no això d'acordar una mani fins a Travesas i que només hi vinguen un parell de dotzenes d'estudiants, sempre els mateixos, mentre els altres s'amaguen als recreatius o juguen a les cartes o se'n van cap a casa. Avui, a més, tenia uns altres motius per a participar activament en la mobilització. He participat, durant un descans, en una reunió per a preparar l'assemblea, amb Ferran i alguns altres xics i xiques del comité i dels sindicats d'estudiants. He ajudat a repartir per les classes uns fulls amb els punts que reivindiquem. I fins i tot he parlat en l'assemblea. Hem aprovat la vaga, encara que això ja m'ho esperava. Ja veurem, demà, si la gent respon i ve a la mani, en compte d'anar-se'n a casa.

46

La vaga ha estat massiva; la mani, no tant, com ja esperàvem, però no ha estat gens malament. Hem tallat el trànsit a Travesas, quan se'ns han unit els qui eixien del San Tomé i del Santa Irene. Després han arribat els dels altres instituts. No sé quants devíem ser, però, com a mínim, uns cinc-cents. Jo crec que ha estat la mani més nombrosa de totes en què he participat, vull dir de les relacionades amb temes estudiantils. Ha vingut la poli. Hem fet un tall del trànsit al cap de la Gran Via i s'hi ha format un embós de por. Alguns conductors s'han posat nerviosos i hi havia un concert de clàxons de molta consideració. A la cua de la manifestació crec que hi ha hagut, fins i tot, algun enfrontament entre conductors i estudiants. Jo, que anava per davant, no ho he vist. Els polis han vingut a parlamentar. Ens han donat, no ho sé exactament, uns cinc minuts o això per a moure'ns i deixar que continuara la circulació normalment; si no, haurien de carregar contra nosaltres, perquè no teníem dret a obstruir una via pública. Recorde bé que el poli que parlava, i que devia ser el cap, ha utilitzat la paraula obstruir. Alguns han començat a cridar «policia assassina» i això; no sé si algú també els ha tirat alguna pedra, però sí que sé que no havien passat encara ni cinc minuts quan han carregat contra nosaltres. I no era de broma.

He vist com els han tocat la corfa ben tocada a molts xics i xiques que hi havia a prop meu. I no res de pegar a les cames o al cul. Tiraven al cos, allà on queia i, com que continuàvem asseguts, a més d'un li ha caigut una trompada al cap que no sé ni com ha pogut córrer després. Tots hem intentat fugir i, com és natural, tanta gent en un espai tan reduït i tots intentant córrer, ens hem embolicat els uns amb els altres. Jo, abans de poder aixecar-me del tot, he caigut, empentada pels qui ja corrien; me n'han caigut uns quants a sobre, m'han passat per damunt, jo què sé... He intentat aixecar-me unes quantes vegades i sempre he tornat a caure, fins que algú m'ha agafat un braç i m'ha tret d'aquell infern. Era Ferran, el meu heroi salvador. Hem pogut escapar per un carreró que dóna a les Camelias i hem pujat per la costera de la dreta, fins que hem trobat un bar que ja estava ple de gent jove que havia fugit de la mani. Tots contaven la batalla a la seua manera i en feien unes versions d'allò més dramàtiques. Que si algú havia vist com li partien el cap a un pobre xicot amb una bala de goma o amb un pot de fum, encara que jo no he vist que tiraren ni unes coses ni les altres. Que s'havien emportat no sé qui emmanillat. Els ànims han començat a escalfar-se i ha faltat només un pelet per a muntar una altra mani a la porta d'una comissaria, fer barricades a la plaça d'Espanya i, per descomptat, continuar la vaga de demà. M'ha fet por comprovar amb quina facilitat entra la gent en aquestes dinàmiques de veure qui pot més, és a dir, nosaltres els fotem, ells ens foten i nosaltres intentem fotre'ls encara més. Ferran el primer, per descomptat. I jo, després que m'havia tret de l'embolic, no m'he atrevit a contestar-li mentre hem estat al bar, amb tots els altres. A més que estava feta una llàstima. Quan he arribat a casa, he anat al bany, m'he despullat i m'he mirat a l'espill. Tinc les costelles i les cames plenes de morats i matadures. Ja veurem si tot acaba així, perquè cada volta em fan més mal. L'enfrontament amb la policia ha tallat en sec la mitja eufòria que m'havia produït el fet de participar en l'organització de les mobilitzaci-

ons. Ara comprenc que la meua entrega es devia, en part, en la major part, a la necessitat de comprometre'm en alguna cosa, la que fóra, sempre que m'ajudara a llevar-me del cap allò... Sempre que m'obligara a no pensar mai més en ell. Però, m'hauria compromés igual si la meua situació personal fóra una altra? Ho dubte. El compromís directament polític mai no m'ha atret de la mateixa forma que atrau Ferran. Ell diu que tot és política. D'acord. Però no tot és la mateixa política. Jo no estic gens convençuda que tallar el trànsit fóra imprescindible. A voltes crec que hi ha gent interessada a muntar conflictes, com més violents millor, perquè els interessa més que es veja que les coses van malament, que hi ha desordres i tot això, que no fer les coses ben fetes. Per això busquen provocar la policia en compte de fer, per exemple, una mani autoritzada. Li he dit això, a Ferran, aquesta vesprada, i s'ha enfadat. M'ha acusat d'estar de part del poder. M'ha dit que no s'aconsegueix res sense conflicte, que només quan muntes un bon número ixes en les notícies de la televisió i que si no ixes en la televisió no existeixes, de manera que s'han de muntar mogudes ben grosses per a existir i que el poder t'escolte. No ho sé. No li puc negar una part de raó, però jo estic més pels mètodes pacífics.

47

He quedat amb Ferran per a parlar abans de sopar. Ja imagine de què deu voler parlar. La mobilització s'ha parat. Tant la Conselleria com el MEC estan disposats a negociar amb els representants dels estudiants. És un èxit. Els morats, que encara em fan mal, han servit d'alguna cosa. Aquest matí hem fet una assemblea informativa i hem desconvocat la vaga. Després, he parlat amb Ferran i hem quedat. Pel to de la seua proposta, sé que no té res a veure amb la moguda estudiantil. M'imagine què deu ser. I no sé si jo tinc ganes de comentar-ho . Sé que ho hem de parlar algun dia, però ara mateix, avui, no tinc gens clares les idees. Hi ha una altra cosa. Potser es deu a la por que vaig passar ahir, a la violència i tot això. Sé que és una exageració perquè no va ser tan gran cosa, però la veritat és que m'entrà molta por. He passat una nit fatal, quasi no he dormit. No sabia com posar-me al llit perquè em feia mal tot el cos i no volia dir res a casa. En aquestes condicions, el meu cap va passar la nit sencera treballant. He pensat en... tot. En la mort, també. No sé per què, quan no puc dormir bé durant la nit, una de les idees que més por em fa i que més sovint em passa pel cap és la idea de la mort. A voltes pense que tot això té alguna relació amb la por que ens fan sentir per si morim en pecat. A pesar que l'educació cristiana que jo he rebut matisava clarament aquestes qüestions, la idea la tinc ben present. Crec que hauria d'haver-hi una forma positiva, no tan negativa, d'enfrontar la idea i la realitat de la mort. Jo no estic segura que el cristianisme ho faça. Per descomptat, hi ha la vida després de la mort, la vida eterna. Això és positiu. Però també hi ha l'amenaça terrible de l'infern. Jo no puc creure que un Déu bo puga condemnar eternament. De fet, no ho crec, no ho accepte, encara que siga un dogma. Una altra cosa és el premi als bons i el càstig als roïns. Això sí, una de les coses que em referma en la idea que ha d'haver-hi un Déu és que no puc imaginar de cap manera que certs criminals puguen viure anys i anys, aparentment feliços i satisfets, amb els productes dels seus crims, sense que la justícia humana els puga fer res, mentre les seues víctimes van morir torturades. El bon ordre de l'univers no és compatible amb això. Pense en els guàrdies nazis dels camps de concentració, que viuen tranquil·lament, retirats en algun lloc d'Amèrica del Sud. Els milers d'homes, dones i xiquets que foren les seues víctimes no poden haver patit sense cap fi. Els sofriments de tantíssimes víctimes innocents exigeixen una reparació, per això ha d'haver-hi un Déu que garantesca aquesta reparació; si no en aquesta vida, almenys en alguna altra. Per descomptat, això no té res a veure amb el càstig típic dels que «viuen en pecat», que és el punt sobre el qual solen insistir més els bisbes i les jerarquies catòliques. No imagine un Déu especialment preocupat per enviar al foc de l'infern els qui pequen contra el sisé manament. No veig per què hauria de castigar els qui s'estimen, només pel fet que ho facen fora del matrimoni. Però bé, siga com siga, en tota la nit no m'he pogut llevar del cap les idees de la mort i del pecat, entre moltes altres. El cas és que, en acabar les classes, he anat a parlar amb el pare Sebastià. M'ha rebut amb sorpresa i amb alegria. Li he dit que volia confessar-me. M'ha confessat al mateix lloc on m'havia rebut, una saleta que hi ha a la casa parroquial. Ha estat una confessió llarga o, més ben dit, una llarga conversa dins la confessió. Tinc la sensació que el pare Sebastià no m'ha sabut dir les paraules que jo esperava i, no obstant això, quan he eixit em notava molt alleugerida. Potser es tracta simplement de la força de les paraules. Com si fóra un conjur màgic que funciona amb l'única condició que tu hi cregues: Els teus pecats han estat perdonats, vés en la pau de Déu.

48

Són les cinc de la vesprada. D'ací a dues hores, he quedat amb Ferran per a eixir amb Dani i Suso. Bé, ja he tornat a escriure el seu nom i no l'esborraré. Que hi quede. Tinc por. Una por imprecisa, no sé ben bé a qui o a què. A enfrontar-me amb ell una altra vegada i descobrir que encara l'estime, a pesar de les coses que em va contar Isa? És possible que siga això. També em fa por la reacció de Ferran. La conversa d'ahir amb ell va ser duríssima. Mai no l'havia vist d'aquella manera i em va doldre. Quan jo vaig arribar, ell ja m'esperava i va anar directe al gra. Que què em passava, que estava tan distant. Jo no vaig ser capaç de ser igual de directa. Sempre he cregut que sóc una persona sincera, que no sé mentir, que m'agraden les coses clares. Però en aquesta ocasió només vaig buscar excuses i evasives: que passava per un mal moment, que si això de les mates, que estava preocu-

pada per si de cas no aprovava el COU. Em va tallar: no és això i tu ho saps massa bé, per favor, no m'enganyes. Vaig callar, què podia dir? Aleshores, Ferran em va posar una mà sota la barbeta i em va obligar a mirar-lo als ulls. I va fer allò que menys desitjava jo que fera, allò que no havia gosat fer fins aquell moment: se'm va declarar. Va ser una declaració d'amor que quasi em va fer plorar. Sobretot perquè jo sé molt bé que li va costar molt de treball. Se li notava, fins i tot, l'esforç físic que havia de fer per a pronunciar les paraules, per a dir, com em va dir: «jo et vull i sé que mai no voldré cap dona com et vull, a tu, ara i que tu tampoc no trobaràs mai ningú que t'estime com jo». Ho recorde paraula per paraula. Déu, era una declaració d'amor tan repetida, que tants xics deuen haver fet a tantes xiques tantes voltes i en tants llocs... Però, per a mi, va ser única: sabia que només anava dirigida a mi i sabia que era absolutament sincera. I jo, partint-me per dins. Ferran menjant-se el seu orgull de masclet i despullant-se de la seua cuirassa d'home alliberat que no té mals d'amors. Com m'hauria agradat menjar-me'l a besos. El pobre, jo notava que estava mort de por, sense cap de les proteccions d'home fort que havia construït al seu voltant, i jo no volia una altra cosa que dir-li que jo també el volia. Però, li ho podia dir? No volia mentir-li de cap de les maneres. Li ho havia d'explicar tot, encara que em ferira i que li fera mal. En contra del consell que em va donar Isa, no li podia ocultar la veritat. Només si els dos ens enfrontàvem a la veritat, si parlàvem a fons, sense secrets, amb les nostres portes obertes de bat a bat, sense habitacions tancades ni panys les claus dels quals tenim ben guardades per a impedir que hi entre algú més; només així, vaig pensar, em vaig sentir obligada a pensar, només així podríem arribar a construir alguna cosa entre els dos. De manera que li ho vaig contar tot, és a dir, que m'havia enamorat de D... Del seu amic, que al principi creia que encara estava enamorada d'ell, de Ferran; però que, després, només pensava en l'altre; li he contat què férem aquell dissabte a La Lanzada i també el silenci de des-

prés, com vaig estar esperant una trucada que no es va produir mai i que això era la causa de la depressió que arrossegava al llarg de tota la setmana passada; li vaig contar també com Isa m'havia obert els ulls i m'havia ajudat a comprendre qui era... el seu amic i que jo només era una conquesta més en la seua col·lecció. Ferran em va escoltar en silenci, amb una cara que jo ja no era capaç de mirar directament. Vaig acabar parlant amb els ulls baixos. Li vaig dir que no volia enganyar-lo, que no sabia si encara estava enamorada de l'altre, que no volia quedar-me amb la sensació de dir-li que el volia només per compassió o per fugir del meu fracàs amb l'altre. No seria honest per la meua part i no seria justa amb ell. En callar jo, ell no va dir res. El seu silenci es va fer tan insuportable que, per primera vegada, em vaig fixar en els nombrosos sorolls que omplien la cafeteria on estàvem. Per la tele emetien un partit de futbol, crec que de la Copa d'Europa, i els clients que hi havia a la barra el comentaven. Un cambrer degué tirar a terra una safata plena, perquè vaig sentir un esclat de vidres que es trencaven i que em va sobtar perquè no me l'esperava. De fora, ens arribava la remor de la pluja. De sobte, Ferran va descarregar la seua ràbia contra la taula, va estar a punt de trencar els gots, es va alçar i se'n va anar a la barra, a pagar, sense dir res. Vam eixir del bar. Ja et trucaré, em va dir. I vaig veure com se n'anava sota la pluja, sense paraigua, mullant-se. Avui no l'he vist a l'institut. No sé si és que no ha vingut o si m'ha evitat. Jo tampoc no he fet res per trobar-lo, encara que no he deixat de pensar en ell i en la seua reacció. Després de dinar, m'ha trucat. M'ha dit que havia quedat amb... Amb els amics de sempre, per a eixir aquesta nit. M'ho ha dit amb tota la naturalitat del món, com si no l'haguera afectat la conversa d'anit. D'ací a no res els tornaré a veure i tinc por sense saber exactament per què.

XV
FALTA UNA PEÇA

Havies dormit molt malament la nit anterior. L'havies passada llegint el diari de la teua germana fins acabar-lo. Quan vas apagar el llum, devia ser molt tard, però t'estimares més no mirar el rellotge. Després, no podies agafar el son. L'última conversa amb Sandra es confonia, al teu cap, amb les paraules que havia escrit Àngels i, tot junt, formava un conjunt que, de vegades, et semblava inesperadament coherent, com si totes les teues preguntes hagueren estat definitivament contestades. Però, poc de temps després, tornaven els dubtes de sempre i alguns altres de nous.

Per què devia tindre por la teua germana aquella última vesprada de la seua vida? Per què no hi tornava a parlar del tema de les drogues, que tant l'havia preocupada al principi? Sabies que ja no podies dir que la teua germana no s'havia emborratxat mai ni que mai no havia pujat en un cotxe amb gent borratxa. Sandra tenia raó: volies fugir de la imatge que et donava la teua germana al seu diari. Però, al mateix temps, tenies la convicció que, en el fons, no hi havia res al seu diari que es poguera considerar vergonyós. No era l'Àngels perfectíssimament virtuosa que tu havies canonitzat, però era sens dubte una xica admirable i bona, a pesar dels seus dubtes i dels seus errors. Errors? Ja no estaves gens segur de saber què era un error.

Del fons fosc de la memòria, en reapareixia novament la imatge de la teua germana en aquell somni que t'havia donat la força quasi absurda per a emprendre aquest camí. La seua imatge flotant sobre els llums fantasmals del cotxe accidentat i dient sense veu «busca». I, immediatament, una altra vegada la seua imatge que es perdia dins la mar i et cridava «vine». Anar, on? Quina era la mar on s'havia enfonsat? Quin era el significat d'aquell Déu que només era una veu? On et portaria la teua recerca?

No tenies respostes.

I, no obstant això, dins teu creixia l'evidència inexplicable que el camí valdria la pena; que, fins i tot quan no trobem allò que busquem, la caminada sempre dóna algun fruit. T'hauries de sentir decebut, però dins teu no hi havia cap rastre de decepció. Ben al contrari, alguna cosa et deia que aquella missió que la misteriosa aparició de la teua germana t'havia encomanat durant un somni, s'acompliria, a pesar del fracàs de la teua recerca desesperada de raons per a un accident i una mort que, definitivament, sabies que no tenien cap raó. Però, quines van ser les teues paraules quan assumires la missió? Deixar sense cap rastre de brutícia la imatge de la teua germana, això vas dir. Ara, aquesta imatge ja no era la d'una xica idealment virtuosa, però la nova Àngels que havies descobert, tu mateix ho reconeixes, no era menys admirable. D'ella havies après que els dubtes i les incerteses, de vegades poden ser tan útils com les seguretats i les certeses. Boirosament, començaves a acceptar que les preguntes no sempre ens porten a una resposta i no per això deixen de ser importants...

Aquesta última Àngels que havies conegut gràcies al diari, podria estar influint en les teues pròpies idees? Podria fer-te canviar? No havies començat a canviar ja, de fet?

També tu, de la seua mà, havies pensat en la mort, en el pecat, en l'infern.

I havies pensat, sobretot, què li diries l'endemà a Sandra. L'endemà ja havia arribat, però tu encara no sabies què li havies de dir.

El matí va passar d'una manera vaga, vaporosa, com si

encara no hagueres eixit del tot del malson d'anit. Si t'arriben a preguntar alguna cosa en classe, de segur que no hauries estat capaç d'encertar cap resposta.

Havent dinat, vas rebre la trucada de Sandra i quedàreu aquella mateixa vesprada per a parlar-ne. I allà la tenies, asseguda davant teu, en un cafeteria inevitablement vulgar i sorollosa, amb aquells ulls que et miraven d'una manera tan transparent i tan traspassadora.

Has trobat alguna cosa als papers del teu germà?, t'afanyares a preguntar-li el primer.

N'he trobada alguna, sí; n'he trobades moltíssimes. De fet, l'he trobat a ell.

Superares el teu pudor i la teua por, sí, por, vas suportar la seua mirada i fins i tot tractares de penetrar-la. Què hi havia al seu interior? Tranquil·litat, et va semblar, una rara i confiada tranquil·litat, lluny del desconcert i el dolor que li havies notat el primer dia, un dia tan pròxim i que començava a semblar-te, ja, tan estranyament llunyà.

Però, té alguna cosa a veure amb allò que buscàvem?

Tu saps ja què busques?

No, vull dir... Vas deixar que els teus ulls parlaren per tu... Vaig descobrint-ho, però encara no n'estic segur del tot.

I tu, què has trobat al diari?

Què hi havies trobat? De fet, quasi ninguna resposta sinó més preguntes i més dubtes.

Què havia d'haver-hi trobat?

No ho saps? Potser aquest dubte siga ja un pas endavant. No hi havia més drogues?

No, d'això ja no hi parla més.

I de què hi parla?

Saps una cosa? Crec que seria millor que el llegires tu també.

De veritat? No t'importa?

Al contrari, crec que necessite algú amb qui poder comentar-lo, amb qui poder comentar les coses que va escriure la meua germana... O no, no vull dir que necessite algú... Et va costar molt de treball dir-ho. En realitat, necessite comentar-ho justament amb tu.

Sandra et va agafar una mà. Per primera vegada et va dedicar un somriure franc i lluminós que, per cert, et va fer descobrir que ella també havia heretat el lamentable gen de la mala dentadura. Però, en aquells moments, no estaves tu per a fixar-te en aquelles minúcies estètiques.

El llegiré, sí. Però, saps què?, per a mi falta una peça en aquest trencaclosques.

Què vols dir?

Dani, ens falta la part de Dani.

Què proposes?

Que fem com férem amb Suso, que investiguem on viuen els seus pares i els visitem.

Creus que servirà d'alguna cosa?

Et va deixar anar la mà, va perdre el somriure i va moure el cap amb impaciència.

Ja hi tornem. Si servirà per a què?

Perdona, perdona, et jure que no pensava en res de drogues.

M'ho crec, va recuperar el somriure i també la teua mà, però et resultarà molt fàcil comprendre que no és possible que aquesta visita no ens servesca, ens ha de servir com ens han servit les altres; només el fet de fer la visita ja ens ha de servir, comprens?

No, encara no ho entenies del tot, però no volgueres desil·lusionar-la.

Vaig comprenent-ho.

Perfecte; si és així, posem-nos en marxa.

Vas rebre aquella ordre quasi amb agraïment. Tu a penes te n'adonaves, però la pitjor part de la teua relació amb Sandra era allò de suposar que havies d'estar sempre en el secret dels seus pensaments. Et produïa una estranya sensació d'incertesa, paral·lela a un temor indefugible a decebre-la. Per això, encara que tu eres conscient d'aquesta actitud, t'estimaves més aquesta altra forma d'actuar, quasi autoritària, la qual, per cert, tant s'assemblava a la imatge de la seua mare que t'havies format. Dones amb les idees clares i de decisions ràpides.

No va resultar complicat localitzar la casa dels pares de Dani. Els mateixos pares de Sandra els coneixien. Ferran hauria dit que es tractava de la típica família burgesa acomodada. Ell era un conegut metge especialista amb consulta privada. Ella pertanyia a una família de conservers i, al seu dia, va ser allò que se'n diu una rica hereva. Vivien en un pis molt gran, amb terrassa, al carrer de Policarpo Sanz. Dani era el seu únic fill. La mare de Sandra en sabia l'adreça exacta.

En eixir de casa de Sandra féreu els plans per als pròxims dies.

Què et sembla si deixem la visita als pares de Dani per dissabte?, vas proposar; si el pare és metge, serà més fàcil que el trobem a casa un dissabte de matí i, a més, aprofitarem els dos dies que falten perquè tu pugues llegir el diari de la meua germana.

Sandra va acceptar. Aquella mateixa vesprada t'acompanyà a casa i tu li donares el diari. Al llarg dels dos dies següents, no us tornàreu a veure i tu començares a sentir-te en un estat estrany, en el qual una absència ocupa molt més espai que moltes presències. Abans, mai no havies sentit una sensació semblant i, al principi, la vas viure amb una certa incomoditat i, fins i tot, amb rebel·lia. No volies acceptar que tu podies ser víctima d'aquell mal els senyals del qual eren símptomes evidents. No, no tan prompte, almenys, has de confessar que pensares.

Però la veritat és que, quan Sandra et va trucar divendres a la nit, ja estaves a punt de trucar-li tu. Et vas alegrar d'haver resistit la temptació. Sandra va proposar que us trobàreu l'endemà, dissabte, molt matí. Parlaríeu una miqueta de les vostres impressions sobre la lectura del diari i prepararíeu l'entrevista amb els pares de Dani. Tu hi vas estar d'acord i li demanares que anara a ta casa. Ella s'hi va resistir, perquè preferia esperar-te a la porta, ja que, probablement, li feia vergonya conéixer els teus pares. Era la part exageradament tímida de Sandra, que contrastava clarament amb la seua forta determinació, així que prenia una miqueta de confiança.

Li vas explicar que els teus pares havien d'eixir de casa molt matí, perquè se n'anaven amb ta tia, que tornava a casa. Els teus pares no tornarien fins a la nit. De fet, explicares, et va costar bona cosa aconseguir que et permeteren quedar-te sol perquè volien que tu també els acompanyares. Finalment, Sandra va acceptar anar a ta casa a les nou i mitja del matí. Tu prepararies uns cafés i unes torrades per a desdejunar.

Per què estaves tan nerviós? Eren les nou i vint-i-cinc minuts i acabaves de posar la cafetera al foc. Vas parar taula amb les tasses, la mantega i la melmelada i començares a torrar el pa. A les nou i mitja en punt va sonar el timbre de la porta. La vas obrir sense preguntar qui era.

Però, per què estaves tan nerviós?

El teu nerviosisme va desaparéixer així que la vas veure. Tan menudeta amb el seu impermeable inseparable i grandíssim, mirant amb ulls desconfiats i insegurs. Vas comprendre que temia que els teus pares estigueren encara a casa. La vas tranquil·litzar i la feres passar a la cuina.

Es va llevar l'impermeable i el va deixar sobre el respatller de la cadira. En veure-la allà, bevent a glopets menuts el café calent, et va semblar tan fràgil que vas haver de reprimir un impuls sobtat d'abraçar-la. I, una vegada més, et va semblar un impuls desagradable, encara que, per sort, no era visible.

Però poc de temps després, amb la tassa de café buida

damunt la taula, la força va aparéixer als seus ulls amb la intensitat habitual. Va traure el diari d'una de les grans butxaques de l'impermeable.

La teua germana escrivia molt bé.

Sí, era una cosa que sempre va saber fer, va guanyar uns quants premis en concursos de redacció i de contes.

El vaig llegir d'una tirada dijous a la nit i ahir el vaig rellegir.

Hi va haver un silenci. Ella et mirava, com sempre, als ulls, i tu, en aquesta ocasió, li aguantares la mirada. Era com si, als seus ulls, hagueres descobert una cosa semblant a la sensació que et va produir la lectura del diari.

La teua germana era... Va tindre un brevíssim instant de dubte. Una dona extraordinària.

Hi vas assentir, naturalment.

Ara ho entenc tot molt millor.

Què entens millor?

Tot això teu, que et costara tant acceptar la seua mort, que et costara, particularment, acceptar la forma com va morir. Sí, saps una cosa?, crec que la lectura del diari també m'ha ajudat a conéixer-te millor; encara que, de tu, a penes en parla.

Et va incomodar aquella última frase, la vas sentir com, no sabries dir-ho, com si fóra un retret, no sabies si dirigit a tu o a la teua germana. Però, un retret per què?

Quasi no t'hi anomena, però s'hi nota que et volia.

Una vegada més va ser com si ella descobrira el teu interior i volguera calmar la inquietud que ella mateixa t'havia produït.

Què, ja saps què busques?

Ho sabies? S'havien acabat els dubtes o acceptaves definitivament viure amb ells?

I tu, que sí que ho tens clar, no m'ho diràs?

Jo només puc parlar per mi...

Sí, això vull, la vas interrompre.

...el teu cas, l'has de resoldre tu.

Una breu pausa.

Potser t'ha semblat, no ho sé, que jo havia assumit millor que tu la mort del meu germà perquè no li donava tantes voltes a l'accident, perquè podríem dir que m'havia resignat a la fatalitat; les coses passaren com passaren i no hi havia res a fer. Però no és així; en realitat, jo anava fugint des del dia de l'accident, volia escapar-me, inútilment, a força de no pensar-hi, d'obligar-me a omplir el meu cap de coses, sempre que m'impediren pensar en l'únic tema que m'ocupava el pensament, la idea de la mort de Ferran, de la persona a qui més volia, perquè jo el volia més que als meus pares i tot, potser la meua germana és l'única persona a qui vull igual. Ferran era fabulós amb nosaltres dues, era el germà més considerat que pugues imaginar i Mínia i jo l'idolatràvem, de manera que no és veritat, no podia ser veritat que jo haguera superat la mort quan tu vas aparéixer per casa...

Una altra pausa, igualment breu.

... encara no sé gaire bé per què vaig acceptar d'ajudarte, al principi, en la teua investigació, si no em creia les teues històries, si fins i tot, com tu saps, em molestaven totes les teues hipòtesis sobre les drogues i no creia que, amb aquest sistema, poguérem aclarir res...

Què vols dir amb aquest sistema?

Vull dir això de saber exactament com i per què van tindre l'accident.

Vols dir que, ara, no podem dir que, en aquest aspecte, tenim més clares algunes coses?

Hi ha algunes coses que sabem amb seguretat i algunes altres que encara no sabem i que, probablement, no sabrem mai; és segur que cap dels quatre no tenia res a veure amb assumptes de drogues, també és segur que no eren uns borratxos habituals i és quasi segur que la nit de l'accident no anaven drogats ni més borratxos que en unes altres ocasions. Per què es va produir l'accident? Podia haver-n'hi moltes causes: una roda punxada, una distracció del conductor, que es podia haver adormit, ja que estaven tota la nit de marxa, potser ell i el meu germà es posaren a discutir perquè Àngels havia contat què havia passat entre ells...

Et va sorprendre la naturalitat amb què va parlar de l'últim assumpte.

Però, per a mi, res de tot això no resulta decididament important; jo només sé que, poc de temps després d'haver començat la nostra investigació, vaig comprendre que m'ajudava, saps? Ara comprenc el sentit d'aquell costum que tenen a l'aldea de ma mare, això de posar la foto del mort en un lloc important de la casa, no es tracta d'escapar de la mort o d'evitar-la, perquè això no serveix de res; es tracta de mirar-la cara a cara i d'acceptar-la, no sé com dir-ho, em recorde d'una cosa que vas dir tu, que hem de viure la mort, em va agradar aquella expressió teua i el meu germà Albert va dir una cosa semblant quan el visitàrem a l'hospital, no sé si te'n recordes. Després, amb tu, quan visitàrem la mare de Suso i revisàrem les coses de Ferran, quan he llegit el diari de la teua germana, ha aprés a viure aquesta mort, una cosa que, fins ara, no havia estat capaç de fer.

Va callar.

Tu vas agafar el quadern que reposava damunt la taula. Sí, tenir-lo davant dels teus ulls, tocar-lo, obrir-lo per a redescobrir la lletra gran i acurada de la teua germana, era com tenir present la seua imatge i, al mateix temps, anar aprenent a acceptar que la seua presència ja només podia ser una presència indirecta. Era això? Així, a poc a poc, aniria difuminant-se la seua presència?

De manera que hem buscat entre les seues coses per a... Per a aprendre a oblidar-los.

No, a oblidar-los no! La cara de Sandra posava de manifest la seua contrarietat. Jo no vull oblidar Ferran, ni vull, ni puc, ni podré. No es tracta d'oblidar, no, no ens entenem...

Estaves plorant. No sabies com havia passat, però estaves plorant. Vas sentir una vergonya immensa. Per què ploraves? Pel record viu de la teua germana que representava aquell diari que encara tenies a la mà? Per la teua reiterada incapacitat per a sintonitzar amb Sandra? Vas abaixar el cap i et deixares véncer, sense pudor, per un plor sord i compulsiu.

Vas notar que ella t'abraçava pels muscles, vas notar les seues mans, inesperadament fortes, els seus braços ferms que t'obligaren a mirar directament la cara que tenies davant. Amb un gest que no tenia res d'estudiat, com qui ofereix aigua a la boca d'un desconegut que té set o com qui neteja amb cura i delicadesa la ferida que s'ha fet un fill, els seus llavis es van posar sobre els teus.

Va ser un bes llarg i fondo, al qual t'entregares sense resistència però també sense ansietat. Va ser un bàlsam inesperat, de tan desitjat, gràcies al qual descansares, agraït.

Ella va retirar els seus llavis sense pressa. Els seus ulls continuaren besant dolçament els teus.

No, no oblidarem res, mai no els oblidarem, ni Ferran, ni Àngels, ni tan sols Suso i Dani; mai no els oblidarem perquè ja formen part de les nostres vides per a sempre, és com si ells també visqueren amb nosaltres, amb totes les coses que ens deixaren mentre vivien al nostre costat i, ara, el meu germà amb la seua música i els seus poemes, la teua germana amb aquest diari, Suso amb els seus vídeos i Dani, amb qui sap què...

Va tornar a unir els seus llavis al teus. Tornàreu a besar-vos.

Però no oblides que jo no sóc Àngels, vas sentir que et deia, jo sóc Sandra i t'estime.

Uns minuts després, us dirigíeu, amb autobús, al centre de la ciutat.

XVI
QUI SÓC JO?

Arribàreu un matí rúfol. Havia de ser així perquè semblava que l'hivern no s'havia d'acabar mai; quasi no havia parat de ploure des de la fi de l'estiu passat, que va ser, a més, un estiu molt curt. Era, per tant, un dia trist, d'una tristor molt semblant a la meua. Jo passava les hores mortes, des d'aquell dia que no cal ni recordar, escoltant les simfonies de Mahler l'una darrere de l'altra, mirant com plovia des de darrere dels vidres de la terrassa de casa. I aleshores arribares tu, tu i Sandra.

Dos joves volen parlar amb vosté, jo no sé qui us va anunciar, però supose que degué ser Dosinda.

Dos joves volen parlar amb mi, jo vull parlar amb els dos joves, recorde que vaig pensar, vull veure dos joves, vull saber que encara hi ha joves que viuen, escoltar-los parlar, veure com es mouen, riuen, canten, ballen... Jo què sé. Recorde que vaig pensar que sí, que jo volia veure els dos joves, que aquell era, en el fons, el meu desig, encara que jo no l'hauria endevinat sol.

Que passen, crec que vaig dir, i passàreu.

Bon dia, perdone que el molestem...

No és cap molèstia, us mirava amb curiositat, amb una sorpresa agraïda, dos joves! Vius! La vida continua; cap molèstia, cap molèstia.

Permeta que ens presentem, jo sóc Ramon, Ramon Salgueira, em vas allargar la mà, jo et vaig donar la meua, ella és Sandra, també vaig saludar Sandra amb una encaixada de mans, jo sóc germà d'Àngels Salgueira, ella és germana de Ferran López Devesa, eren amics...

Sí, sí, els amics de Daniel que també van morir en l'accident.

Ho vaig dir i, com passava a ta casa, també era la primera volta que aquella paraula es pronunciava a casa nostra, també nosaltres, Llúcia i jo, la meua dona, també nosaltres havíem desterrat aquesta paraula, en un esforç inútil per espantar la mort que ja no ens deixaria mai.

Jo, qui sóc jo? Jo sóc el pare de Daniel.

Dani no va escriure res, ni va deixar gravades cintes de cap classe. Per a nosaltres, per a mi i, sobretot, per a la seua mare, ell era el nostre rei i el nostre Déu, el fill que sempre havíem volgut tindre, ben plantat, intel·ligent i, fins i tot, estudiós. Mai no hem sabut trobar-li defectes. Com no li havíem de donar tot allò que ens demanava, si ell també ens donava tot allò que uns pares poden demanar a un fill? La seua mort va ser la tragèdia definitiva de la nostra vida.

Però vosaltres havíeu descobert una imatge del nostre fill que sa mare i jo mai no havíem volgut veure. Perquè la nostra va ser sempre una ignorància entre voluntària i jo diria que quasi satisfeta. Una ignorància consentida, que només ignorava allò que no volíem saber. Per què ens havíem de preocupar pels seus èxits amb les xiques i amb les dones? Uns èxits que, naturalment, no sols sospitàvem, sinó que sabíem amb certesa. No, no en sabíem els noms, o a penes en sabíem algun, perquè no volíem saber-los. Però la seua fama de conquistador també havia arribat a casa i jo diria que tots, inclosa Dosinda, la criada que tenim a casa des de sempre i que l'idolatrava més encara que sa mare, que l'havia criat des de menudet, sí Dosinda ho sabia millor que ningú, però tots, tots n'havíem sentit a parlar i n'havíem fet, fins i tot, un motiu d'orgull. I encara que jo mai no vaig participar en aquelles cerimònies, vaig assistir silenciós, consentidor i divertit a les maniobres de les dones, de Dosinda i de la seua mare, per a protegir-lo de les amants desenganyades.

I allà us tenia, tu, Ramon Salgueira i la teua amiga, Sandra López Devesa, que havíeu vingut a buscar... Què? Una imatge de Dani que confirmara la que vosaltres havíeu construït? Éreu conscients que, en la vostra reconstrucció, en aquesta història en què hi havia un àngel, un heroi i un boig, al nostre fill li quedava el paper de dimoni, de dolent? I volíeu que nosaltres, jo i sa mare, l'acceptàrem i la confirmàrem?

No, ja sé que no era això, exactament.

Però vaig tardar a comprendre què podia ser, a comprendre què buscàveu realment vosaltres dos, què podia fer jo per a participar en la vostra recerca. Dani, ja ho he dit, no va deixar res escrit, no va fer cançons ni va gravar vídeos, ni feia fotos, ni dibuixos, no res. Va passar per la vida fugaç com un llampec. Va il·luminar algunes persones i en va encegar unes altres; però, com un llampec, va creuar el cel sense deixar cap rastre al seu darrere.

Què podia fer jo? Podia escoltar-vos, podia col·laborar escoltant-vos. I us vaig escoltar. Va ser primer aquell dissabte de matí, encara només una conversa tímida i desconfiada per part de tots. Quan ens vam dir adéu, sé que us en vau anar decebuts, pensant que allò no podia anar molt més enllà. Per això tu, Monxo, vas rebre amb sorpresa la meua trucada, una setmana després, i amb més sorpresa encara la meua invitació per dinar. En aquell dinar, us vaig proposar que em deixàreu compartir tots els passos de la vostra investigació. I així va ser com va nàixer aquest relat.

Jo sóc, com ho diria, el cronista, i ara he d'intentar aconseguir que Llúcia, la meua dona, la mare de Dani, que ni tan sols va voler parlar amb vosaltres, que no ha eixit de casa des d'aquell dia fatal, que ja ni tan sols plora perquè no li queden llàgrimes, intentaré que ella llegesca amb mi aquesta crònica i aprenga, com vosaltres m'heu ensenyat a mi, a viure la mort. Sense jutjar, sense herois ni traïdors, sense dimonis ni àngels; encara que, ben mirat, sí, en aquesta història, definitivament, hi ha un àngel. Un àngel que jo no vaig conéixer però que he aprés a estimar. Un àngel i tres joves. Sense adjectius. Joves.

ÍNDEX